U0533653

明室
Lucida

照 亮 阅 读 的 人

拉纳克

LANARK
Alasdair Gray

I

四卷书里的一生

A Life in Four Books

[英]阿拉斯代尔·格雷 著 唐江 译

北京联合出版公司
Beijing United Publishing Co.,Ltd.

图书在版编目（CIP）数据

拉纳克：四卷书里的一生：全四册 /（英）阿拉斯代尔·格雷著；唐江译. -- 北京：北京联合出版公司，2025.5. -- ISBN 978-7-5596-8015-0

Ⅰ. I561.45

中国国家版本馆 CIP 数据核字第 202451BU85 号

LANARK: A LIFE IN FOUR BOOKS
Copyright © Alasdair Gray 1981/The Estate of Alasdair Gray
Copyright licensed by Canongate Books Ltd.
arranged with Andrew Nurnberg Associates International Limited

The translation of this title was made possible with the help of the Publishing Scotland translation fund.

北京市版权局著作权合同登记号 图字：01-2024-5240 号

拉纳克：四卷书里的一生

作　者：[英] 阿拉斯代尔·格雷
译　者：唐　江
出 品 人：赵红仕
策划机构：明　室
策划编辑：赵　磊
特约编辑：李佳晟
责任编辑：杨　青
装帧设计：山川制本 workshop

北京联合出版公司出版
（北京市西城区德外大街 83 号楼 9 层　100088）
北京联合天畅文化传播公司发行
北京市十月印刷有限公司印刷　新华书店经销
字数 547 千字　787 毫米 ×1092 毫米　1/32　29.75 印张
2025 年 5 月第 1 版　2025 年 5 月第 1 次印刷
ISBN 978-7-5596-8015-0
定价：158.00 元（全四册）

版权所有，侵权必究
未经书面许可，不得以任何方式转载、复制、翻印本书部分或全部内容。
本书若有质量问题，请与本公司图书销售中心联系调换。
电话：(010) 64258472-800

Alasdair Gray
(1934~2019)

EX~LIBRIS

在大地上，总能看到造物们彼此争战不休，各方都损失惨重，死亡频仍。他们的恶意漫无边际；他们凭借强壮的肢体，将世间广袤森林里的大批树木砍倒在地；在吃饱食物之后，他们有待满足的愿望，就变成了将死亡、痛苦、劳累、恐惧和驱逐带给每一种生物；由于他们无比自豪，他们想要升入天堂，但格外沉重的肢体让他们留在地上。留存在地上、地下或水中的东西中，没有一样不被追逐、侵扰或摧毁，从一个国度辗转并入另一个国度。而他们的身体，也会变成他们屠戮的所有活物的坟墓和运输工具。

哦，大地，你为何不张开你那巨大深渊和洞窟的深深裂隙，将他们投入其中，不再将这样残酷和恐怖的怪物呈现在天堂的视野中？

——莱奥纳多·达·芬奇的笔记

弗拉迪米尔：要是我们悔改过呢。
埃斯特拉贡：悔改什么？
弗拉迪米尔：哦……（他想了想）我们不必深究细节。

——贝克特《等待戈多》

目 录

第三卷

第 1 章　精英　003
第 2 章　晨曦与出租屋　015
第 3 章　手稿　025
第 4 章　派对　037
第 5 章　丽玛　052
第 6 章　嘴　062
第 7 章　研究所　077
第 8 章　医生们　092
第 9 章　龙　113
第 10 章　爆炸　133
第 11 章　饮食与先知　155

开场白　171
讲述一名金融天才发现自己在婴儿期喜爱感官享受，他怎样变成了非存在的实体，又怎样变成了先知

第 1 章 精英

从一家电影院的休息室走楼梯，就能来到精英咖啡馆。楼梯往上三分之二处的平台那儿有扇门，进去就是电影院，不过去精英咖啡馆的人会再爬一段，来到一间昏暗的大屋，里面摆满椅子和低矮的咖啡桌。屋里显得昏暗，不是因为脏，而是光线的缘故。地上铺着深红色地毯，椅子上装着猩红色坐垫，低矮的天花板上用粉色石膏装点出涡旋图案，但暗淡的绿色壁灯把这些色彩变成了深浅不一的褐色，让客人的皮肤显得灰不溜秋，死气沉沉。入口在大屋一角，斜对面摆放着铬和塑料材质的弧形柜台，一个秃顶的胖男人笑眯眯地站在一台咖啡机闪闪发亮的操作手柄后面。他穿着黑裤子、白衬衫，系着黑领结，要不是哑巴，就是特别沉默寡言。他从不开口说话，客人们只在要咖啡或香烟时才跟他搭腔，不卖这些的时候，他纹丝不动地站着，仿佛柜台就是他身体的一部分，一如土星的晕环。吧台旁边有扇门，门外是一片狭窄的户外阳台，位于电影院的入口上方。阳台搁得下三张紧挨在一起的金属台面的桌子，桌子中间撑着阳伞。这儿可不是喝咖啡的地方，因为天空总是黑沉沉的，伴有狂风骤雨。桌面上有些小水坑，阳伞松松垮垮的伞布湿答答地拍打着伞杆，座位也湿漉漉的，不过有个男人总是坐在这儿，他差不多有二十四岁，蜷缩在黑色的雨衣下面，竖着衣领。有时，他困惑地凝望着黑色的天空；有时，他若有所思地咬啮着拇指的指节。再没有别人来光顾这片阳台。

精英咖啡馆客满的时候，可以在这儿听到绝大多数种类的语言和方言。客人们都二十来岁，五六人凑成一伙，坐在一起。有政治小团体、宗教小团体、艺术小团体、同性恋小团体和犯罪小团体。有些小团体聊体育运动，还有些小团体聊汽车、爵士乐。有些小团体以特定成员为核心，其中人数最多的小团体，头目名叫斯拉登。他的小团体通常占据着阳台门旁边的沙发。他们边上的小团体由斯拉登小团体原先的成员构成，只不过这些成员要么受够了斯拉登的小团体（这是他们本人的说法），要么就是被逐出了斯拉登的小团体（这是斯拉登的说法）。这些小团体彼此嫌弃，全都不怎么喜欢这家咖啡馆。客人常会放下咖啡，说："精英咖啡馆是个糟糕透顶的地方。我也弄不清我们干吗要来。咖啡差劲，光线也差劲，这个烂地方到处都是娘娘腔、中东佬和犹太人。咱们来引领一股挪窝的潮流吧。"另一个人会回答："哪有地方可挪。加洛韦茶室太小资，里面全是商人、伞架和雄鹿脑袋标本。香格里拉的点歌机震耳欲聋，再说那儿全是些猛男。阿姆斯特朗就是在那儿被人用刀划破了脸。当然，还有一些酒馆，不过我们总不能一直喝酒。这地方也许糟糟透顶，可我们别无选择。这儿是市中心，电影院近在咫尺，起码跟待在家里不一样。"

这家咖啡馆时常人满为患，从未空无一人，但有一次，屋里差不多空了下来。穿黑雨衣的男子从阳台走进来，发现屋里没有别人，只有侍者和斯拉登在，后者坐在他常坐的沙发上。这名男子把雨衣挂在衣钩上，要了一杯咖啡。他离开柜台时，看到斯拉登饶有兴致地打量着他。

斯拉登说："你找到了吗，拉纳克？"

"找到什么？什么意思？"

"找到你在阳台上找的东西没有？或者你是去那儿躲着我们？我挺想知道的。你引起了我的兴趣。"

"你怎么知道我的名字？"

"哦，我们都知道你的名字。我们当中常有人去保障所排队，能听到他们喊你的名字。坐吧。"

斯拉登拍了拍身边的沙发空位。拉纳克犹豫片刻，把杯子往桌上一放，坐了下来。斯拉登说："跟我说说，你去阳台干吗。"

"我在找阳光。"

斯拉登噘起嘴唇，仿佛嘴里尝到了酸味。"这可不是有**阳光**的时节。"

"你说得不对。前不久，我还看到一些，它一直持续到我数到四百为止，以前还持续得更久一些。你介意我聊聊这个吗？"

"继续！这事跟很多人没法聊，但我已经把事情琢磨透了。现在你想把事情琢磨透，这让我很感兴趣。你尽管畅所欲言。"

拉纳克既高兴又懊恼。他很孤独，别人跟他搭话，他会觉得受宠若惊，但他又反感别人屈尊俯就的态度。他冷淡地说："没多少可说的。"

"可你为什么喜欢阳光呢？通常的照明方式已经够用了。"

"我可以用阳光衡量时间。自打来这儿，我数了数，已经过了三十天，或许我因为睡过头或者喝咖啡，漏数了几天，不过我回想起某件事的时候，我可以说：'这是两天前的事。'或者十天、二十天前的事。这给我的生活带来了秩序感。"

"那你怎么打发你的……**日子**呢？"

"散步，去图书馆和电影院。没钱了我就去保障所。不过多数时候，我都去阳台眺望天空。"

"你快乐吗？"

"不快乐，但我知足。还有好多更糟的生活方式呢。"

斯拉登笑了起来。"难怪你对阳光有种病态的迷恋。你来之后，没有出席十场派对、睡十个女人、喝醉十场酒，反而眼看着三十天的时间白白溜走。你没把生活变成一场永不停歇的盛宴，而是把它分割成一天天的日子，像药片那样定期吞服。"

拉纳克乜斜了斯拉登一眼。"你的生活是一场永不停歇的盛宴？"

"我享受我的生活。你呢？"

"谈不上享受。但我知足。"

"你为什么对如此贫乏的生活感到知足？"

"除此以外，我还能有怎样的生活？"

客人们陆续来到，咖啡馆又快客满了。斯拉登的神态比刚开始搭话时更为放松。他漫不经心地说："让生活值得一过的，是那些让人感到强烈刺激的瞬间，那些让人感到自己高高在上、威风八面的瞬间。我们可以从毒品、犯罪和赌博里领略到这样的感受，但代价颇为高昂。我们也可以从特殊的爱好里领略到这样的感受，比如体育、音乐或宗教。你有什么特殊的爱好吗？"

"没有。"

"还可以从工作和爱情中领略到。我说的工作可不是铲煤或教育小孩，我说的是那种能让你出人头地的工作。我说的爱情可不是婚姻或友谊，我指的是那种独立的爱，一旦激情告终，爱也随之告终。或许我把工作和爱情归为一类，让你感到惊讶，但这两者都是掌控他人的方式。"

拉纳克沉思片刻。这番话似乎言之有理。他有些突兀地说:"我能做什么工作呢?"

"你有没有去过加洛韦茶室?"

"去过。"

"你在那儿有没有跟人搭讪过?"

"没有。"

"那你不能当商人。恐怕你只能搞艺术了。艺术是唯一面向无法与人相处却仍想与众不同之人的工作。"

"我绝不可能成为艺术家。我没有任何要讲给别人听的东西。"

斯拉登笑了起来。"我说的话,你一个字也没听懂。"

拉纳克心里的自我克制,让他没有表露出多少愤恨之情。他紧抿着嘴唇,冲着咖啡杯皱起眉头。斯拉登说:"艺术家并不向人们宣讲什么,而是表达自我。倘若他的自我非同寻常,那他的作品就会令人震撼,振奋人心。不管怎么说,他的作品会把他的个性强加给别人。盖伊总算来了。你介不介意让一让,让她过来?"

一个身材瘦削、面露倦容的漂亮姑娘穿过围满人的桌子,来到他们身旁。她冲拉纳克腼腆一笑,在斯拉登身边坐下,焦急地说:"我来晚了吗?我尽快赶了——"他冷冰冰地说:"你就这么让我等着。"

"哦,我很抱歉,真的很抱歉。我尽快赶了过来。我不是有意要——"

"给我拿烟来。"

拉纳克尴尬地望着桌面。盖伊去柜台之后,他问:"你是做什么的?"

"嗯?"

"你是商人?还是艺术家?"

"哦,我凭借着极强的才干,什么都不做。"

拉纳克盯着斯拉登的脸,想从上面找到笑容的痕迹。斯拉登说:"职业是将你的自我强加于人的方式。我什么都不做,也能把自我强加于人。不是我吹牛。这刚好是事实。"

"你这话说得够谦虚的,"拉纳克说,"不过你说你什么都不做,这话可不对。你很健谈。"

斯拉登露出笑容,他从盖伊那儿接过一支烟,盖伊已经顺从地回到了他的身边。他说:"我很少像刚才那样直言不讳。把我的想法讲给多数人听,都是白费唇舌。不过我觉得,我能帮到你。你认识这里的女人吗?"

"一个也不认识。"

"回头我介绍你认识一些。"

斯拉登朝盖伊转过脸去,轻轻捏了捏她的耳垂,和蔼地问道:"我们把谁交给他好呢?弗朗姬?"

盖伊笑了,顿时显得快活起来。她说:"哦,别,斯拉登,弗朗姬太吵、太粗俗,而拉纳克是那种细致体贴的人。弗朗姬不合适。"

"那娜恩怎么样?她是那种文静、有点恋父的类型。"

"可娜恩疯狂迷恋着你!"

"我知道,够烦人的。我受够了你一摸我膝盖,就能看到她在角落里哭。咱们把她交给拉纳克吧。不。我有个更好的主意。我带走娜恩,你归拉纳克。你觉得怎么样?"

盖伊朝斯拉登俯下身子,优雅地亲吻了他的脸颊。他说:"不。咱们把丽玛给他。"

盖伊皱起眉头,说:"我不喜欢丽玛。她阴险狡诈。"

"她不阴险狡诈。只是不爱表露感情。"

"但托尔喜欢她。他们总是出双入对。"

"那不能说明什么。托尔是因为恋妹才喜欢她,她是因为恋兄才喜欢托尔。他们之间纯粹是乱伦关系。总之,她看不上他。咱们就把她交给拉纳克吧。"

拉纳克笑着说:"你可真好。"

他在什么地方听说过,盖伊和斯拉登已经订婚了。盖伊左手戴着毛皮长手套,他看不出她戴没戴戒指,但她和斯拉登表现出那副订婚男女不避讳众人目光的亲昵。方才拉纳克虽不情愿,但还是被斯拉登折服了,而现在盖伊来了之后,他觉得斯拉登还挺亲切的。尽管斯拉登方才大谈"独立的爱"如何如何,但他亲自践行的那种爱,要比精英咖啡馆里常见的爱来得坚定。

跟斯拉登厮混的那帮人从电影院过来了。弗朗姬胖乎乎的,性情活泼,穿了一条紧身的浅蓝色裙子,浅蓝色的头发盘在头上。娜恩是个小个子姑娘,性格腼腆，一头蓬松的金发，年龄在十六岁上下。丽玛长了一副吸引人，但不算漂亮的面孔，黑发从前额顺滑地梳到脑后，扎成马尾。托尔个子不高，面容憔悴，讨人喜欢，留着刚长不久的红色小胡子，尖尖的。还有个身材圆胖、面色苍白的大个子青年，名叫麦克帕克，穿着一身中尉军装。斯拉登一只胳膊搂着盖伊的腰，既没打住话头，也没看他的那些朋友，而是一直在跟拉纳克聊着，这伙人在斯拉登两旁坐了下来。弗朗姬是唯一一个对拉纳克特别留意的。她站在那儿盯着他看，双脚分开，双手叉腰，等斯拉登话音一落，她嚷道："是神秘人！神秘人来咱们这儿了！"她把肚子往前一挺，说："你觉得我的肚子怎么样，神秘人？"

"也许它在正常工作吧。"拉纳克说。

斯拉登微微一笑，其他人则是一副被逗乐的样子。

"哦！他会开小玩笑！"弗朗姬说，"真妙。我就坐他旁边啦，让麦克帕克嫉妒去吧。"

她在拉纳克身边坐了下来，把手放在了他的大腿上。他尽量不让自己面露窘色，总算摆出了一副困惑的表情。弗朗姬说："天哪！他紧张得就像……嗯，我还是不说为妙。放松，小子，你做不到吗？他放松不下来。丽玛，我要跟你换位子。我还是想跟麦克帕克坐。他是胖了些，但他有反应。"

她跟丽玛换了位子。拉纳克感到既轻松又屈辱。

两三场对话在拉纳克身边展开，但他没有信心加入其中。丽玛递给他一支烟。他说:"谢谢。你朋友喝醉了吗?"

"弗朗姬吗?没有,她一向如此。其实她不算是我的朋友。她惹你心烦了?"

"是啊。"

"你会习惯她这个人的。只要你别拿她当回事,她这人还挺逗的。"

丽玛的嗓音有点像猫叫,奇特而单调,就好像没有什么字眼值得强调似的。拉纳克扭头看了看她的侧脸。他看到亮泽的黑发从白皙的额头梳往脑后,用睫毛膏略加突出的完美大眼睛,又大又挺的鼻子,嘴唇扁平、没搽口红的小嘴巴,结实的小下巴,黑色毛衣下面优美小巧的胸部线条。如果说她感受到了他的目光,那她也装作若无其事,只是仰起头,把烟从鼻孔喷出来。目睹了这一幕,让他强烈地感到,她就像个模仿成年女性吸烟的小女孩,他心里泛起一股始料不及的温情,触痛了他。他说:"那部片子是讲什么的?"

"讲的是一伙人在开场没多久就脱掉了衣服,然后做了那种情况下他们能想到的所有事。"

"你喜欢那些片子吗?"

"不喜欢,不过也不讨厌。它们让你觉得讨厌吗?"

"我从没看过这种片子。"

"为什么没有?"

"我怕自己会乐在其中。"

"我就乐在其中,"斯拉登说,"想象演员们穿着法兰绒内衣和厚粗花呢裙子会是何种模样，能给我带来真正的乐趣。"

娜恩说："我也喜欢那些片子。除了最棒的片段。演到那些片段的时候，我总是忍不住要闭上眼睛，我是不是很傻？"

弗朗姬说："我对那些片子都很失望。我老是希望看到真正惊人的变态行径，但好像一点都看不到。"

一场讨论由此展开：惊人的变态行径都有哪些类型。弗朗姬、托尔和麦克帕克出了些主意。盖伊和娜恩不时用惊恐和快活的叫声发出小小的抗议。斯拉登时而点评一句，拉纳克和丽玛则沉默不语。这场谈话让拉纳克感到尴尬，他觉得丽玛也不喜欢。这让他觉得自己跟她拉近了距离。

过了一会儿，斯拉登跟盖伊耳语了几句，站了起来。他说："我和盖伊要走了。咱们回头见。"

娜恩一直在不安地望着他，突然，她叉起胳膊，搭在膝头，把脸埋了进去。坐在她身旁的托尔伸出安慰的臂膀，搂着她的双肩，带着一副搞笑的哀痛神色，朝大伙微笑。斯拉登望着拉纳克，用随意的口吻说："你会考虑一下我的话吧？"

"哦，会的。你的话我得好好琢磨琢磨。"

"咱们回头再议。走了，盖伊。"

他们穿过那些挤满人的桌子，走了出去。弗朗姬挖苦道："神秘人似乎把你的宫廷宠儿地位给夺走了，托尔。我为你考虑,但愿别那样。否则你就只能重操旧业,充当宫廷小丑了。丽玛可从不跟宫廷小丑睡觉。"

托尔没把胳膊从娜恩颤抖的肩膀上拿开,他咧嘴一笑,说:"闭嘴吧,弗朗姬。你才是宫廷小丑,今后也非你莫属。"他用道歉的口吻对拉纳克说:"她的话你别往心里去。"

丽玛从身边的座位上拿起包,说:"我要走了。"

拉纳克说:"稍等,我也走。"

他绕过桌子,挤到挂外套的位置,把外套穿到身上。其他人纷纷向他道别,他和丽玛离开时,弗朗姬在他们身后喊道:"玩得开心点!"

第 2 章　晨曦与出租屋

要是不算收银台那儿的那个姑娘,楼下门厅已经空了。透过玻璃门,拉纳克看到灯光映照在雨水打湿的街面上。有时狂风大作,重重拍打着街门,将它们吹开,送进一股飕飕作响的凉风。丽玛从包里掏出一件塑料雨衣。他帮她穿上,说:"你去哪儿坐电车?"

"在路口那儿。"

"还好。我也是。"

来到外面,他们不得不顶着风奋力前行。他拉着她的手,强迫自己走快一些,好让自己觉得是在拽着她走。路口并不远,电车站就在一条巷子口旁边。他们上气不接下气地笑着,走进小巷避风。丽玛的头发从发卡下面松脱了,面色沉静的她眨着大眼睛,从两绺湿发中间瞥了他一眼。她用手指把头发拢到脑后,扮了个鬼脸,说:"怪烦人的。"

"我喜欢你这种发型。"

他们沉默片刻,倚墙而立,望着外面的大街。最后,拉纳克清了清嗓子。

"那个弗朗姬是个**贱人**。"

丽玛笑了。

他说:"她对托尔的态度糟糕透了。"

丽玛说:"你知道,她心情不好。"

"因为什么?"

"她对斯拉登的感觉跟娜恩一样。每次斯拉登和盖伊一起离开的时候,娜恩就会哭,弗朗姬就会粗鲁待人。斯拉登说,这是因为娜恩的自我趋向消极,而弗朗姬的趋向积极。"

"我的天哪!"拉纳克说,"难道斯拉登的女性朋友都爱他不成?"

"我就不。"

"很高兴听你这么说。哦,快看!快看!"

"看什么?"

"**快看!**"

路口是几条宽阔的大街交会之处,他们能看到其中两条通向远方,只是天昏地暗,看不清远处的光景。就在这时,大约一英里开外的地方,在两条街道与一座又宽又矮的山丘顶部相接之处,每条街都在一片珍珠般的白光下,展露出剪影般的轮廓。大半个天空还是黑黢黢的,因为那团白光并未普照到那些廉租公寓的房顶,所以看起来就像有两团小小的白昼正在点亮,每条街的尽头各有一团。丽玛又问:"看什么?"

"你没看到吗？你没看到吗……它叫什么来着？它有专门的名字来着……"

丽玛往他食指所指的方向看去，冷漠地说："你是说天上那团光吗？"

"晨曦。就是这个名字。晨曦。"

"难道这不是个太过多愁善感的词吗？它已经变暗了。"

风势减弱了。拉纳克走上人行道，身体前倾，站在那里，轮流打量着那两条街道，就像打算跳到某一条街道的尽头，只是一时尚未选定。丽玛对他的兴奋表现无动于衷，让他暂时把她忘到了脑后。她有点嫌恶地说："没想到你还热衷这类东西。"她顿了顿又说："好了，我等的电车来了。"

她从他身边走过，来到马路上。一辆外观古旧、近乎空无一人的有轨电车沿着轨道吱吱嘎嘎地开了过来，停在拉纳克和远处的景色之间。这趟电车会把他带回住处那儿去。丽玛上了车。他上前一步，正要随她而去，这时他犹豫了一下，说："嘿，我还会再见到你吧？"

电车开动时，丽玛在上车平台那儿简慢地挥了挥手。他望着她在上层找了个位子坐下，希望她能转过身来再挥挥手。结果她没有。他又朝两条街道望去。那片暗淡的白光以肉眼可见的速度，从两条街的尽头渐渐消散。突然，他穿过马路，来到最宽的那条街上，沿着街心奔跑起来。

他一边跑,一边凝望着天际线,他隐约觉得,只要自己赶在白光彻底消散之前跑过去,白天就会持续得更久一些。风变大了。劲风推着他的后背,把奔跑变得比行走还要容易。这场跟风展开较量,奔向消散晨曦的赛跑,是他来这座城市之后做过的最棒的事。直到天空变得一片漆黑,他才停住脚步,在一条巷子口歇了口气,然后步履沉重地返回路口那儿的电车站。

下一辆电车载着他,驶过一连串外观大同小异、路边满是廉租公寓的街道。他下车的那个车站,一边是廉租公寓,另一边是一堵光秃秃的工厂围墙。他走进一条巷子,借着昏暗的灯光爬上楼梯,来到顶端的楼梯平台,悄悄钻进自己的出租屋门厅。这是个空房间,有六扇通往各处的门。一扇通往拉纳克的卧室,一扇通往厕所,一扇通往厨房,女房东住在那里。其余的门通向几个空房间,屋里的天花板部分脱落下来,露出了屋檐下面透风的巨大阁楼。拉纳克打开自己卧室门的时候,女房东在厨房里喊道:"是你吗,拉纳克?"

"是我,弗莱克太太。"

"过来,瞧瞧这个。"

厨房是个干净又杂乱无章的房间。屋里有几把扶手椅、一个餐具柜、一张久经擦洗的白色饭桌、一只笨重的煤气炉,煤气炉上方是搁锅的架子。一只铁炉占据了大半堵墙,窗户下面是水槽和沥水板。所有水平的表面都摆满了铜质和陶瓷的装饰品,以及装在瓶子和果酱罐里的假花,有些是塑料做的,有些是彩色的蜡制品,有些是纸做的。一堵墙上有块放床的壁凹,弗莱克太太,一名小个子中年妇女,就站在壁凹旁边。她招呼拉纳克过去,恨恨地说:"你瞧这个!"

三个孩子大张着嘴巴、圆睁着眼睛,在棉被底下躺成一排。一个瘦男孩,一个瘦女孩,大概有八岁,还有个四五岁的小女孩,胖乎乎的。拉纳克认出了他们,他们是楼梯平台另一侧那家的孩子。他说:"你们好啊。"

两个大孩子咧着嘴笑起来,小女孩咯咯地笑出了声,张开双手捂着脸,像是要藏在手的后面。弗莱克太太闷闷不乐地说:"他们该死的母亲消失了。"

"消失了?去哪儿了?"

"我怎么知道消失的人去哪儿了?前一刻她还在,下一刻她就没影了。哼,我能怎么办?我可不能丢下他们,让他们自生自灭。瞧瞧他们的小体格!可我太老啦,拉纳克,没能力任由死小孩纠缠啦。"

"但她肯定还会回来吧?"

"她?她不会回来了。熄灯时消失的人再也回不来了。"

"这话怎么讲?"

"熄灯的时候,我正站在水槽旁边刷着盘子。我知道,那不是停电,因为我透过窗户,能看到路灯还亮着,我马上想:'有人消失了。'然后我又想:'哦,假如是我,该怎么办?'我的心怦怦直跳,就像打鼓一样,尽管我也搞不懂自己干吗要害怕。我整天劳累不堪、腰酸背痛，我总觉得，如果是我要消失，我应该高兴才对。不管怎么说，灯又亮了起来，于是我到你的卧室去看了看。我觉得你已经出门了，不过说不定你已经回来了，没让我察觉到，说不定这事让你给摊上了。"

拉纳克局促不安地说："我为什么会消失呢？"

"我跟你说过了，我不知道人们为什么会消失。"

"如果我之前是在卧室，又……消失了，你又怎么能知道呢？"

"哦，通常会有某种迹象的。我的前任房客撒下了一团糟，满屋子的被褥铺盖，衣柜歪倒了，天花板上的灰泥掉下一半来——那间屋子一直再没租出去。还有他的声声尖叫！可真吓人。不过我知道，你要走的话不会那样，拉纳克。你是那种安静低调的人。不管怎么说，我见你没回来，便走到楼梯平台另一侧。门开得很大，于是我探进头去，喊道：'苏茜！'我对她一向亲切和善，尽管她是妓女，对孩子不管不顾。她净给他们吃糖果、糖果、糖果，你看结果怎么样。你张嘴！"她命令最小的女孩，后者老老实实地张开嘴，露出上下牙龈上的一排排褐色的小尖尖，彼此之间全是缝隙。

"看吧！比婴儿大不了多点，就满嘴找不出一颗好牙了。"

"再后来呢？"拉纳克说。

"我喊道：'苏茜！'孩子们冲我嚷嚷，说他们的妈咪消失了。是不是这样？"她冲孩子们瞪起眼睛，孩子们用力点头。

"唉，拉纳克，那套房子简直是该死的垃圾堆，就像猪圈。我可不能把他们撇在那儿，不是吗？于是我把他们带了过来，给他们洗澡，安顿他们上床，现在我又在给他们洗衣服。不过要是我来照看你们的话，你们最好小心点！"她凶巴巴地告诉孩子们，"我可不像你们妈咪那么好说话！"孩子们冲她咧着嘴乐，最小的孩子咯咯地笑了起来。

弗莱克太太朝床俯下身去，一边发着牢骚，一边折好毛毯，裹住孩子们。她说："哦，拉纳克，我讨厌死小孩。"

拉纳克冲孩子们挥挥拳头，做出各种怪模怪样的威胁表情，孩子们欢叫起来，然后他回到自己的卧室。

这是一段天花板高高的走廊间隔出来的房间，一端是门，另一端是一扇没挂窗帘的窗户。一把椅子、一张行军床、一只靠墙放置的衣柜，壁纸和油地毡是褐色的，地上没铺地毯，只有衣柜上的一只小小的帆布背包，能表明这间屋里住了人。拉纳克把夹克和外套一并脱下，挂在门后的衣钩上，然后在床上躺了下来，把双手垫在脑后。倦意最终会让他脱掉衣服，钻进被窝，但他患上了一种病，使他睡得很不安稳，所以他通常会回想一下近来发生的事，将睡眠尽量往后推迟。

发生过几起消失事件。灯熄灭了，三个孩子的母亲失踪了。拉纳克跟那个女人挺熟的。她是个友善、脏兮兮、吸引人的女人，经常带陌生男人回家。他想不出她有什么理由失踪。他抛开这件事，想起了精英咖啡馆。他再也不会去那儿，坐在阳台上了，因为他如今有了熟人，他们期待着他的陪伴。这并不是一个完全令人愉快的想法。斯拉登那伙人缺乏尊严。那置身局外，独坐观天，等待天空亮起，就更高贵了？这时他想起自己常常坐在阳台上，装作遥望天空，其实却希望坐在温暖的地方，跟外表性感、衣着考究的女人交谈。"承认吧！"他对自己说，"你遥望天空，是因为你太懦弱，不敢去跟人结交。"

他想起了丽玛，她置身于那伙人当中，却又好像游离在外。他心想："我一定要了解她。唉，我本来有希望带她回家的，为什么该死的晨曦偏偏在那个时候出现了？"

他想起了斯拉登。像丽玛一样，斯拉登似乎也游离于身边的人对他的感情之外。尽管有三个女人爱他，他却只忠于一个女人，拉纳克觉得这很不错。此外，斯拉登对人生颇有见解，也给他提了一些建议。拉纳克不愿意当艺术家，但他日益感到，自己需要完成某种工作，而作家只要有纸笔就能开始工作。再说他对写作也有一些了解，因为他在城里游逛的时候，去过公共图书馆，读了足够多的故事，所以他知道，故事只有两类。一类就像是某种诉诸笔端的电影，有丰富的故事情节，几乎没有任何思想；另一类跟头脑聪颖、郁郁寡欢的人有关，这些人往往是作家本人，他们想得很多，做得很少。拉纳克觉得，一名好作家更有可能写第二类作品。他心想："斯拉登说，我应当通过写作来表达自我。我觉得我可以写一个故事，讲讲我是谁，我为什么决定写故事，来实现这个目标。只不过还有一个难处。"

他变得不安起来，开始在屋里来回踱步。

每当他的思绪触及自己是谁这个问题时，这股不安就会涌上心头。"我是谁，这又有什么关系呢？"他大声自问，"我何必在意自己为什么来到这里？"他走到窗前，将额头抵在玻璃上，希望这种冰冷的挤压能把问题驱散。结果适得其反。窗户俯瞰着一片空置的廉租公寓，窗外的景象一无所见，只能看到他的面孔映出来的黑色轮廓，轮廓后面是卧室的模糊映像。他想起了另一扇窗，那扇窗里只有一重映像。嫌恶和烦恼，还有一些跟丽玛有关的性幻想，吞没了他。

突然，他来到衣柜跟前，拉开底端仅有的一个深抽屉。抽屉里是空的，只有垫在抽屉底部的棕色纸张。他取出那张纸，把它折叠成整齐的长方形，沿着折痕小心翼翼地撕开，得到了一沓纸，差不多有二十张。他取下抽屉，把它竖着放在椅子旁边，把纸搁在抽屉顶端，然后从夹克口袋里掏出一支钢笔，坐了下来，在第一张纸上用细小而清晰的字母写道：

> 我记得的头一件事是

他又写了几个字，然后画掉了自己写下的内容，从头写起。如此反复了四次，每次他都能想起比自己描述的事更早的事。最后，他找到一个开头，踏踏实实地写了起来，一连写满了十三页纸，不过重读之后，他发现一半文字没有明确含义，写上只是为了让句子听起来更加顺畅。他画掉这些文字，把剩余文字，还有他能想到的任何改进之处，都誊抄到剩下的纸上。然后，他带着来到此地之后，首次感受到的精疲力竭，脱掉内衣，钻进被窝，陷入沉眠。

第 3 章　手稿

我记得的头一件事是一声砰然巨响，然后要么是我睁开了眼睛，要么是灯光亮了起来，因为我看到，自己在一节老式列车车厢的角落里。窗外的声音和黑暗，表明这趟列车正在隧道里穿行。我的双腿正在抽筋，但我毫不在意，十分开心。我站起身，四处走了走，惊讶地看到自己的模样映在车窗上。我的脑袋又大又笨拙，生着浓密的头发和眉毛，其貌不扬，但我不记得自己以前见过这副容貌。我决定去看看，列车上还有什么人。

寒风从火车头的方向灌入通道。我走进通道，透过车窗，看向那些车厢内部。里面空空如也。通道尽头吹来的风很大，我不得不攥紧过道墙壁上松弛的橡胶物件，那些过道通常是通向下一节车厢的。我不能再往前走了，因为入口开在厚木板组成的一片乌黑表面上，那些厚木板颠得左摇右晃。这是一辆货运列车的尾部。我沿着通道原路返回，风顶着我的后背往前吹，我从打开的门认出了我的那节车厢。再前面的车厢都是空的，远处的入口开在一个金属罐上，就是那种运油的油罐。于是我回到自己的车厢，把身后的门带上，这时我注意到，角落座位上方的架子上，有只小小的背包。这让我警惕起来。自从醒来之后，我一直感到舒适自在，妙不可言。我高兴地看到，自己是孤身一人，发现这节车厢是跟运货的火车连在一起，也让我感到开心，但这个背包让我感到害怕。我知道它是我的，里面装了些麻烦的东西，但我不想把它从窗口扔出去。于是我小心翼翼地把它取下，告诉自己，没有什么人在盯着我看，我也没必要被自己发现的东西限制住手脚。

我先是查看了背包外面的两个口袋，找到一些没啥危害的玩意儿：装在塑料封套里的剃须套装，一些袜子，还有个不好用的磁力指南针。我打开背包顶部，找到一件卷起来的黑雨衣、脏内衣和一套睡衣。底下是一张折叠起来的地图，还有一个塞满纸的钱包，于是我打开车窗，把它们丢了出去，再把车窗关上。找回安全感之后，我把别的东西装回包里，把背包放回架子，然后我（由背包想到）翻了翻衣兜。衣兜里都装了些沙砾和小贝壳。我还找到手帕、钢笔、钥匙和袖珍日记本各一。我把钥匙和日记本丢出去，让它们步了钱包和地图的后尘。随后，列车拉响汽笛，驶出了隧道。

它在高架铁路上奔行着,高架铁路架设在一座城市的众多屋顶之间。雨云遮蔽了天空,因为白昼天光晦暗,街头亮着路灯。有不少宽阔的街道,彼此成直角交叉,街道两侧是成排的石砌大楼。我没看到几个人,也没看到来往的车流。比那些屋顶更远的地方,有一排排起重机,中间堆放着金属壳子。列车朝这些东西驶去,从一座架在河上的桥梁穿过。那是一条河道很宽的河,有着石砌的防波堤,底部是干裂的卡其色淤泥,一条狭窄而盘曲的黑色溪流从中间潺潺流过。这让我忧虑。我当时觉得,如今依然觉得,一条河应该不只是这副样子。我往下方的一片工地望去,那里竖着两个壳子。它们是顶端装有生锈圆盖的金属圆筒,内部机件发出的咔咔声,表明它们正在运转。列车驶入另一条隧道,减慢了速度,驶出隧道后又驶入一个调车场,停了下来。透过两侧的车窗,都能看到成排的货运车厢,许多铁路信号灯从车厢里探了出来。这时,天色更阴暗了。

我在温暖的角落里坐了一会儿,因为外面天气不好,我真不想离开。这时灯熄了,于是我背起背包,走进过道,打开一扇门,跳到地面上。我站在两排货运车厢中间。天上正下着细雨,于是我放下背包,取出外套。穿外套时,我看到一个身穿黑色工作服、头戴大檐帽的男子往我这边走来,他仔细查看着那些货运车厢,每走过一节车厢,就用铅笔在笔记本上写写画画。他在我身边停下脚步,在本子上做了个标记,问我是不是刚到。我说是的。他说:"运送一名乘客,用不着动用整个车厢。他们可以用警卫的货车把你送过来。"

我问现在几点了。他说:"如今,我们对时间并不怎么在乎。天是比平时亮,不过用这种光线判断时间,可不牢靠。"

我问他知不知道,我能去哪儿落脚。他说,待会儿会有个人过来,这类事通常由那人帮忙料理,然后他沿着列车走远了。

一个小个子向我们跑来,他从铁路员工身边经过时,没有看他一眼。他在我身边停住脚步,仰望着我,脸上带着软弱讨好的笑容。他有一副尖下巴的英俊面孔,油腻的头发呈波浪状向后倾斜,最后收拢为颈背上的一小扎卷发。他戴着栗色的领结,穿着栗色翻领的夹克,夹克一直垂到膝盖那儿,他还穿了紧身的黑裤子和栗色的麂皮鞋。他的口音挺柔和,发元音的时候有点哼哼唧唧的。他说:"你是新来的,对吗?"

我说对。

"我是来帮你的。你可以叫我格鲁皮。我估计,你还没有名字吧。有谁跟你一块儿吗?"

我说没有。

"我去看看,只是为了保险起见。拉我一把好吗?"

他执意要进入每节车厢,查看座位下面的情况。

我帮他下车的时候，他咯咯地笑了起来，说我非常健壮。然后他提出帮我拎背包，但我把它背在肩上，问他能不能告诉我，在哪儿可以过夜。他说："当然！我就是为这个来的！我会带你去我的膳宿公寓，我们有一个空房间。"我说膳宿公寓帮不了我，我没钱。

"你当然没钱！我们把你的背包留在我的膳宿公寓，然后我们去保障所，他们会**给**你钱的。"

我们从车厢中间走出来，越过了一些铁路轨道。城里的灯火在我们前方的一对乌黑小山中间闪耀着。这时天已经黑了，雨下得很大，我的向导把他那件高级夹克湿透的翻领竖了起来。在这种天气里，他那身衣裳还不如我的耐淋。我问他，谁付钱让他来接人，他用受伤的语气说："没人付我钱。我干这活儿，是因为我喜欢别人。我相信友情。人们应该善待彼此。"

我挺可怜他的。我知道不该因为外表和谈吐就厌恶别人，但我的确很不喜欢他。我解释说，我想先赚些钱，再干别的。他狡猾地说："如果我先带你去保障所，你能保证完事之后，来我的膳宿公寓吗？"我告诉他，我什么都保证不了，然后快步离开。他在后面小跑着喊道："好吧！好吧！我可从没说过，不带你去保障所了，不是吗？"

我们继续并肩前行，直到道路变窄，然后他走在了前面。道路从两个山包中间的陡峭路堤延伸下去，山包似乎是垃圾堆。在道路陡然转弯的地方，有时我往前走着,感觉自己就像在灰烬和烂布头里面跋涉。我们穿过一条老运河干燥的河床,来到一条街道的末端。这座城市看起来并不兴旺繁华。成群结伙的青少年或老人站在个别巷口,但许多巷子空无一人,没有点灯。仅有的没被封上木板的商店是一些出售报纸、糖果、香烟和避孕套的小铺。过了一会儿,我们来到一个大广场,有轨电车叮叮当当地绕着广场驶过。路灯只能照亮周围楼房最低的楼层,但那些楼房看起来颇为高大和华丽,人们在楼房正面的柱子中间避雨。一些被煤烟熏黑的雕像排布在一根中央立柱周围,中央立柱的顶端隐没在黑色的天空里,我看不到。虽说正下着雨,还是有个男人站在立柱基座的高处,在向愤怒的人群演说。我们从人群边缘穿过,我看到演说者是个面带不安笑容的人,他佩戴着牧师领,额头有瘀青。他的话淹没在嘲笑声中。

一条离开广场的街道被几座长长的木屋堵住了,隐蔽的通道将几座木屋连接在一起。这些木屋的窗口透出灯光,流露出几分喜庆,跟那些更结实的楼房黑洞洞的窗口大为不同。格鲁皮带我来到门廊,那儿挂着个牌子,上面写着"社会保障-福利部"。他说:"好了,到了。"

我向他道谢。他等了一会儿,说:"我想知道的是,你会**设法**表现得友善一些吗?我不介意进去等你,但等候的时间长得要命,如果你态度很差,我想,我就不费那个事了。"我说,他没必要等我。他难过地说:"好吧,好吧。我只是想帮忙。你不知道,在大城市里没有朋友是种什么滋味。我还可以介绍你认识一些很有意思的人——商人、艺术家、姑娘们。在我的膳宿公寓,我有一些既可爱又高级的姑娘。"

他忸怩地望着我。我说晚安,转过身去,但他抓住我的胳膊,在我耳边急促地说:"你是对的,姑娘没什么用,姑娘就像母牛,就算你不喜欢我,我还有些男性朋友,当兵的先生——"

我挣脱出来,走进木屋。他没有跟过来。

木屋不大,但很长,地面大多被挤坐在长凳上的人占据了。一堵墙旁边有个柜台,划分成若干小隔间,靠近门口的那个小隔间里面有个座位,还有个牌子,上面写着"咨询"。我进去坐下。又过了好久,有个眉毛根根竖立的老人来到柜台后面,说:"什么事?"

我解释说,我刚到,身上没钱。

"你有没有什么能证明身份的办法?"

我说没有。

"你确定?你有没有仔细翻过衣兜?"我说我翻过。

"你有什么职业资格和经验?"我想不起来。他叹了口气,从柜台底下摸出一张黄色卡片和一本破旧、没了封面的电话簿,说:"在你完成体检之前,我们不能给你安排号码,不过我们可以给你取个名字。"

他随意翻弄着电话簿,我看到每一页上都有好多名字，用红墨水做了标注。他说："阿格林祖？阿迪尔？布莱尼姆怎么样？或者布朗。"这让我大为吃惊，我告诉他，我知道自己叫什么名字。他盯着我看，一副不相信的样子。我的舌头从火车车厢之前的时间里，寻觅着某个词或音节，有那么一瞬，我觉得我回忆起了一个短短的词，开头是"斯"或"格里"，但它又溜走了。我能回想起的最早的名字，印在车厢墙壁上的一张褐色照片下面，照片上是山顶的尖塔和树木。我取下背包时，看到了那个名字。我告诉他，我叫拉纳克。他把名字写在卡片上，递过来，说："拿着这个去医务室，交给体检的大夫。"

我问体检目的何在。他不习惯被人提问，说："我们需要留一些记录材料，好辨明你的身份。要是你不愿意配合，我们就什么都做不了了。"

医务室在另一座木屋里，从通道可以过去。我在屏风后面脱下衣服，一名漫不经心的年轻医生给我做了检查，他一边吹着口哨，一边将结果写在我的卡片上。我身高五英尺七又四分之三英寸，体重九英石十二磅三又二分之一盎司[1]。我是褐色眼睛，黑头发，B（111）型血。我仅有的身体特征是小趾上的鸡眼和右肘上的一块黑色硬皮。医生用袖珍尺子量了量，做了个记录，说："没什么异常。"

---

[1] 身高约1.72米，体重约62.7千克。——除特殊说明外，本书脚注均为译者注

我问，那块硬皮是什么。他说："我们管它叫龙皮，这名字或许比科学上的叫法更生动，不过对这些东西的科学研究才刚刚起步。你可以穿衣服了。"我问，要怎样才能治好它。他说："这座城里有几个所谓的执业医生，他们号称能治好龙皮。他们在烟草店的橱窗上打一些小广告。别在他们身上浪费钱。这是一种常见病，就像嘴、软体或颤抖性僵直[1]一样常见。你的症状很轻。假如我是你，我就置之不理。"

我问，为什么他没有置之不理。他开心地说："为了做好描述。疾病要比身高、体重、发色这些变数，更能准确辨别人的身份。"

他把卡片交给我，让我带回咨询柜台。在咨询柜台，我被告知跟别人一起等着。

等候的人各个年龄段的都有，他们全都衣着寒酸，全都（除了在凳子中间玩耍的一些孩童）因为无聊而麻木不仁。有时会有一个声音喊道："威尔·琼斯"——或者别的名字——"去四十九号间。"我们当中就会有个人到一个小隔间去，但这种情况极少发生，我已经不抱什么指望了。我一直在盯着柜台后面墙上一块油漆变淡的圆形区域。我能肯定，以前那儿挂过一个钟表，后来移走了，因为人们要是能测量时间，他们是不会忍受如此漫长的等待的。我那些不耐烦的思绪不

---

[1] 此处的三种疾病，后文将有解释。

断回到徒劳无益的状态,最后它们全都消停下来,我变得越来越浑浑噩噩,但没有真正昏睡过去。我可以在这种状态下度过永恒,但有个女人在我身边坐下,唤醒了我,她是刚来的,还处在烦躁不安的阶段。她腿上裹着紧绷、褪色的牛仔裤,不断地来回交叉双腿。她在简单的衬衫外面穿了件军装短上衣,戴着闪亮的耳环、项链、胸针、手镯和戒指。浓密的黑发凌乱地披散在背后,她散发着香粉、香水和汗水的气味。她重新激活了我的几种感官,包括我对时间的感觉,因为她不断从手提包里拿烟抽,包里似乎装了好几包烟。当她点着第二十三支烟的时候,我问,他们会让我们等多久。她说:"他们愿意让我们等多久就等多久。这是一种该死的可耻行径。"

她看了看我,然后客气地问我是不是新来的。我说是的。

"你会习惯的。这是一种有意为之的制度。他们觉得,每回我们要钱,都让我们无聊得死去活来,我们就会尽量少来了。以上帝的名义,他们没错!我有三个孩子要养活,其中有一个几乎还是婴儿,为了养活他们,我得去工作。就是说,在我能找到工作的时候。但并不是每个人都能公道地付钱,所以我又来了。我是个倒霉鬼,一个十足的倒霉鬼。"

我问她是做什么工作的。她说,她给不同的人做兼职,还递给我一支烟。然后她说:"你要找住处吗?"

我说是的。

"我可以安排你住下。我是说,只是一小段时间。我是说,如果你有难处的话。"

她友善地侧目打量我,我觉得她的目光让我心绪不宁。我喜欢她,跟她在一起很愉快,但她是我认识的第一个女人,我知道我的欲望大部分源于孤独。我向她道谢,说我想找个能久住的地方。过了一会儿,她说:"不管怎么说,我有个邻居,弗莱克太太,刚刚失去了一名房客。你可以从她那儿弄个房间。她上了年纪,但她不算太挑剔。我是说,她很正派,但她很好相处。"

我觉得这主意不错,于是她在一个用过的烟盒上写下地址和路线。

有人喊我去十五号间。我过去了,接待者还是那名毛发竖立的老职员,他把卡片还给我,说:"你的申请被批准了。去现金柜台领钱吧。"

我问,这笔钱能用多久。他说:"按说能用到你找到工作为止,不过要是你提前花完了,那么凭着这张卡片,你还可以再申请一次,我们仍然有义务及时兑付。好了。还有别的问题吗?"

我想了想,问他可否告诉我,这座城市叫什么名字。他说:"拉纳克先生,我是职员,不是地理学家。"现金柜台是个开在墙上、装了百叶窗的小窗口,它所在的那个房间摆满了长凳,但长凳上坐的人寥寥无几。百叶窗很快拉了上去。我们排好队,一个女人依次叫着我们的名字，很快便把钱发给我们，她从栏杆中间推出一堆纸币和硬币。我对那一堆堆钱的体积，还有那名职员随意的态度感到惊讶。纸币又皱又脏，取自多个币种。硬币是厚厚的铜板便士、边缘印出沟槽的磨损银币、脆弱的镍币和中间有孔的黄铜片。我把这笔钱分装到几个衣兜里，但我始终没学会该如何花销，因为每个人对它们的价值，都各有一番见解。买东西的时候，我总是掏出一把，让侍者、店员或售票员取走他们认为正确的数目。

循着烟盒上的指示，我来到了三十一天后我写下这篇东西时住的房子。在这段时间里，我既没去找工作，也没去交朋友，我数着天数，只为享受它们的空虚。斯拉登觉得，我太容易知足了。我相信，在有些城市里，工作有如牢狱，时间有如鞭策，爱情有如负担，这让我感到，我的自由颇有价值。我担心的一件事是胳膊上的硬痂。硬痂本身没什么感觉，不过每当我感到疲惫的时候，硬痂边缘的健康皮肤就会开始瘙痒，如果我抓挠的话，硬痂就会扩散。我肯定在睡觉的时候挠过，因为醒来之后，这块硬皮总是变得更大。于是我接受医生的建议，尽量把它忘掉。

第 4 章 派对

有人在拉纳克胸口上下颠动着,把他给弄醒了。是隔壁的小姑娘。她的哥哥和姐姐跨立在他的腿上,把他的外套挂在地板擦的头上,从一边摇到另一边,搞得这张不结实的床底下的支柱吱嘎作响。"大海!大海!"他们唱道,"我们要向着大海航行!"

拉纳克坐起来,揉了揉眼睛。他说:"走开!你们对大海知道多少?"

他们跳到地上,那个男孩喊道:"我们知道大海的一切!你的衣兜里装满了贝壳,哈哈哈!我们翻过了!"

他们咯咯笑着跑出去,把门砰地带上了。拉纳克起了床,感到难得的放松和神清气爽。他臂肘上的硬皮没有变大。他穿上衣服,卷起手稿,走了出去。

天气有了惊人的变化。沉闷的雨和扑面的狂风,已经被严寒刺骨而沉寂的空气所取代,他不得不疾步前行,拍打着胳膊来保暖,把雾气般的阵阵鼻息从鼻孔喷发出去。上了电车之后,他觉得脚趾和耳朵冻得生疼,而登上电影院的楼梯之后,人来人往的"精英"显得温暖宜人,像家一般。在惯常的角落里,坐着斯拉登和盖伊、麦克帕克和弗朗姬、托尔和娜恩,丽玛在看一本时装杂志。丽玛冲他点点头,接着看杂志,但其余众人面带惊讶地说:"你去哪儿了?""最近在忙什么?""我们还以为你失踪了。"

拉纳克把手稿丢在斯拉登旁边的桌子上,斯拉登扬起一边眉毛,问这是什么。

"我写的一些东西。我接受了你的建议。"

丽玛身边没有位置,于是拉纳克挤进了斯拉登和弗朗姬中间的沙发。斯拉登读了几页,草草翻看了其余内容,然后递还给拉纳克,说:"没劲。也许你更有当画家的天分。我是说,你尝试着做些事情,这是好事,我为此感到高兴,但你写的东西没劲。"

拉纳克因为愤怒,涨红了脸。他想不出什么话,能不暴露他受伤的虚荣心,于是他紧抿着嘴唇,憋出一个笑容。斯拉登说:"恐怕我伤害了你。"

"没有,没有。不过我希望,你能在评判之前仔细看看。"

"用不着。从两页里我已经看出,你的行文十分平淡,跟你无趣的经历没有任何区别。如果作者不享受文字本身,读者又怎么享受得到呢?"

"可我享受文字——某些文字——本身的精彩!

比如河流、黎明、阳光、时间这样的文字。这些文字似乎比我们对它们所代表的事物的体验,还要丰富得多——"

弗朗姬喊道:"斯拉登,你是个虐待狂,别招惹神秘人了!别为斯拉登烦恼,神秘人。他以为自己是上帝,但他只能通过折磨别人来证明这一点。不是吗,斯拉登?"

斯拉登从头上摘下一顶虚幻的帽子,鞠躬致意,但她的愤慨太明显,不像闹着玩。她站起身说:"不管怎样,麦克帕克要带我们去参加派对,所以大家都来吧。丽玛,你根本不在乎时装,别假装看杂志了,你照顾好拉纳克。尽量别让他碰上烂事。我可做不来。"

她朝楼梯走去。托尔、麦克帕克和斯拉登彼此咧嘴一笑,装作从额头拭去汗水。每个人都站了起来。斯拉登对拉纳克说:"来吧,会挺有意思的。"

"谁办的派对?"

"我和盖伊。是我们的订婚派对。但房子是朋友的,酒水是部队供应的。"

"为什么?"

"为了赚个好名声。部队喜欢招人喜欢。"

电影院外面,一辆铁灰色的卡车停在人行道旁边,他们爬进推拉式车门,坐进座位。只有麦克帕克戴着长手套,穿着羊毛内衬的夹克,他这身衣服足以御寒。他握着方向盘,卡车平稳地向前冲去。斯拉登一只胳膊搂着盖伊,另一只胳膊搂着弗朗姬。弗朗姬焦急地反抗着,直到斯拉登说:"我需要你们俩,姑娘们。这场霜冻简直要了我的命。"

托尔和娜恩在后座上搂抱着,但丽玛笔直地端坐着,拉纳克(坐在她身边)双臂抱胸,咬紧牙关,免得牙齿咔嗒作响。渐渐地,暖气升到了舒适宜人的温度。卡车几乎独霸了街道,不过每次从电车或行人旁边驶过的时候,麦克帕克都会揿响喇叭。拉纳克问:"丽玛,这场派对上有跳舞环节吗?"

"我想是吧。"

"你愿意跟我跳吗?"

"我想是吧。我这人不挑剔。"

拉纳克攥紧拳头,用力咬着拇指指节。过了一会儿,他感觉到有人碰了碰自己的胳膊。丽玛小声说:"抱歉,刚才那样说——我不是有意惹你心烦。我比看起来还要紧张。"

拉纳克如释重负,差点笑出声来,他把她轻轻拉过来,靠着自己,说:"你肯告诉我,我很高兴。我刚才都决定离开卡车,走回家去了。"

"你太严肃了。"

卡车在宽阔的街道上奔驰着,道路两侧是杂草丛生的花园,然后卡车驶入一条蜿蜒穿过灌木丛的私家车道。车头灯把深色叶片上的点点寒霜照得闪闪发亮。麦克帕克揿响喇叭,在一栋大宅跟前停下车,所有人都下了车。这栋大宅是一座方形的三层建筑，侧面有附属建筑和一间温室。环绕四周的落叶松、冬青树和杜鹃花，为大宅的外观增添了几分神秘色彩，尽管窗户透出灯光，音乐回绕不绝，还有好多轿车停在门廊旁边的砾石路上。前门开着，但斯拉登还是按响了门铃，然后才带大家步入客厅。客厅富丽堂皇，铺着水磨石地砖，镶着橡木墙板，还有两根黑色大理石圆柱隔离出一块空间，那儿是楼梯的位置。右边的一扇门里，有个小个子往外张望着。是格鲁皮。他比拉纳克记忆中的模样更矮更胖，他的头发里有花白的斑点，身上穿着一件银色的亮片夹克。他说："你来啦，斯拉登。把外套留在这儿好吗？"屋里挂着几幅画框镀金的画，画上是水果和龙虾。中间摆着一张椭圆形的桌子，上面几乎放满外套和围巾。拉纳克帮丽玛脱掉外套的时候，格鲁皮笑呵呵地望着他，说："哈啰，哈啰！所以你还是来了。要是你之前就跟我走，你会来得更早。"

"这是你的膳宿公寓？"

"它不归我所有。我想，你可以管我叫门房。"

"门房是什么？"

"你何必跟我过不去呢？我又没伤害过你。"

"你不理解我们的神秘人，格鲁皮。"斯拉登说，他正在镜子跟前正领带，"他从不跟谁过不去。他只是一直很严肃。今晚的欢宴在哪儿进行？"

"在楼下的画室。"

这栋房子的内墙和门似乎隔音良好,因为在客厅里,除了脚步落在地砖上的嗒嗒声,听不到别的声音,但对面的房门打开之后,里面是个拥挤的房间,情侣们随着响亮的爵士乐翩翩起舞。里面的客人跟去"精英"的那类人差不多,不过姑娘们的衣着更有异国风情,拉纳克注意到,有几个上了年纪的男人穿着深色的商务西装。他拉着丽玛的手,领她走进舞池。

他不记得以前享受过音乐的乐趣,但韵律让他感到兴奋,他的身体自然而然地随之舞动起来。他一直望着丽玛。她动作生硬但不失优雅。她的黑发松散地垂落在肩头,她心不在焉地微笑着。唱片放完了,每个人都站在那儿,一只胳膊搂着另一个的腰。拉纳克说:"我们再来一遍好吗?"

"好啊,为什么不呢?"

突然,他望向房间另一侧,张大了嘴巴。一张摆满食物和饮品的桌子,摆在一扇凸窗的弧形区域里,一个姑娘坐在桌边,在跟一个戴眼镜的矮胖男子攀谈。拉纳克喃喃地问:"那姑娘是谁——那个穿白裙子的高大金发女郎?"

"我不知道。我想,是个随军人员吧。你怎么变成这副脸色了?"

"我以前见过她。"

"哦?"

"在我来这儿之前——在我来这座城市之前。我认得她的脸，但别的事我都想不起来了。"

"这有什么要紧吗？"

"我怎么才能跟她说上话？"

"请她跳舞。"

"你介意吗，丽玛？"

"怎么会呢？"

他匆匆穿过人群，往那张桌子走去，在音乐响起时来到桌子旁边。那个姑娘正在喝着玻璃杯里的东西，那名矮胖男子听了她说的某句话，开怀大笑起来。拉纳克碰了碰她的肩膀。她放下杯子，让他领着她走进舞池。她是个活泼的姑娘，浓妆艳抹，皮肤晒成了棕褐色。拉纳克急切地搂着她，问："我以前在哪儿见过你？"

她笑着摇摇头。"我说不上来。"

"我觉得我对你很熟悉。"

"我不信。"

"我杀死过你，对吗？"

她从他身旁猛地后退，说："哦，上帝！"人们停住舞步，望着他们。她用手指着拉纳克，大声说："派对上怎么能聊这个？我们刚见面，他问我，以前是不是杀死过我。聊天怎么能这么说呢？"她转身冲着一名旁观者（是麦克帕克）说："带我离开那个浑蛋。"

他们融入了跳舞的人群，从拉纳克身边经过的时候，麦克帕克冲他挤了挤眼睛。拉纳克绝望地环顾四周，寻找丽玛，然后挤到门口，走了出去，关上了身后的门。

客厅里空无一人，静悄悄的。还很冷。拉纳克来回踱着步子，不知该如何是好。他想不出，自己怎么会跟那个金发姑娘说出那样的话，但他宁愿远离刚才那个房间里的所有人，除了丽玛。可他又不想走。他的臂肘隐隐发痒，他心想，不知道冲洗一下是不是能让它平息下来。这栋楼里肯定有浴室，铺了地砖的浴室，里面有干净的毛巾，在加热的毛巾架上烘着，还有水晶皂、海绵，足够他用的热水。他租住的房子没有浴室，自打来到这儿，他就再没洗过澡，现在（他觉得自己里里外外都脏）他觉得，只要洗个澡，自己就会心情舒畅。他走到走廊尽头，登上铺了柔软地毯的楼梯。上面的楼层一片漆黑，他借着楼下客厅的灯光，看着脚下的路。走到第二个楼梯平台时，出现了一条走廊。走到走廊中间的时候，一扇虚掩的门透出的灯光，照亮了一片三角形的地面。他循着光亮走去，地毯挺厚，踏地无声，随后他停住脚步，透过狭窄的门缝往里看去。能看到竖长的一段壁纸，照在壁纸上的光轻轻忽闪着。拉纳克把门推得大开，走了进去。

这是一间书房，照亮它的是一团耀眼的火焰，它在一个雕饰的壁炉架底下燃烧着。四周的书橱上方，挂着巨幅的肖像画，肖像画中间交叉悬挂着古老的兵器。屋里有好多高背皮革扶手椅，一把扶手椅旁边有盏标准的台灯，灯罩是红绸缎做的，一个男人正从扶手椅上站起身来。他冲拉纳克笑着说："啊，是作家！进来吧。"

他差不多有七英尺高，穿着翻领毛衣和剪裁得体的卡其裤，尽管他大概有五十岁，却仍给人以青春矫健的印象。他有着古铜色的秃头，耳后有几簇白发，留着修剪过的白色髭须，和气的面容透着孩子气的机警。拉纳克尴尬地说："我恐怕不认识你。"

"可不是嘛。你们那伙人，没多少认识我的。但整个地方都是我的。是不是挺有意思？想到这个，我常常笑出声来。"

"斯拉登认识你吗？"

"哦,是的,斯拉登跟我是好朋友。你想喝点什么？"

他朝搁着酒瓶和杯子的餐具柜转过身去。

"不用了。"

"不用了？好吧，不管怎样，坐吧，我想让你给我讲点东西。与此同时，我给自己倒……一点……史密斯的格兰威特纯麦威士忌。祝你健康。"

温暖的炉火、温和的灯光、主人镇定的举止，让拉纳克觉得这里是个休息的好地方。他在一把扶手椅上坐了下来。

高个男人端着玻璃杯走了回来，坐下，交叉起双腿。他说："你们这些小伙子喜欢什么？你个人能从当作家这件事里，得到什么样的满足？"拉纳克努力回忆着。

他说:"这是我记得自己尝试过的唯一一项有纪律的工作。写完之后,睡得更香。"

"真的?难道完成其他有纪律的活动,睡得不香?"

"我不知道。我觉得,或许也行。"

"你从没想过参军?"

"我干吗要那样想?"

"因为就在简短而普通的几句话里,你提到了工作、纪律和健康的观念。所以我猜,暂且不论你跟海绵和水蛭的联系,你仍然是个脊椎动物。我说错了吗?"

拉纳克思忖片刻,然后问:"军队有什么用?"

"你是说,对社会有什么用吧?自卫和就业。我们自卫,我们雇人。我相信,你住在姓弗莱克的那个女人的廉租公寓里,就在饰结[1]冶炼厂旁边。"

"你是怎么知道的?"

"啊哈!我们不知道的事情很少。重点在于,饰结冶炼厂给我们的 Q39 生产配件。或许你已经注意到,如今,工业不大景气。要不是因为 Q39 项目,冶炼厂就只能关门了,会有成千上万的人失业,他们将不得不削减社会保障津贴。下回你想抨击军队的时候,不妨想想这点。"

"什么是 Q39?"

"你已经见过它们了。它们正在河边的场地进行组装。"

---

1 原文为 Turk's head,也作土耳其饰结,一种形似头巾的装饰性绳结。

"你是说那些外形像炸弹或子弹的大金属架子？"

"你觉得它们看起来像炸弹，是吗？好！好！这太让我高兴了。其实它们是保护民众的防护设施。在气球升起的时候，它们每一个都能容纳五百人。"

"这话是什么意思？"

"你是说气球吗？这是一种比喻式的说法，源于一套过时的作战体系。它的意思是，信号发出时，大型演出就开始了。"

"什么演出？"

"我不能说得太细，因为它可能呈现出好几种不同的形式。有六十八种不同类型的攻击，我们可能遭受其中任何一种，我不介意告诉你，我们只能防御其中的三种。'那还有什么希望！何必多费手脚呢？'你可能会这样说，那你完全没有抓住重点。另一方的处境跟我们一样糟糕。这些应对大型演出的准备工作或许很不到位，但要是我们就此罢手，气球就会升起。我的话是不是让你感到沮丧？"

"没有，我只是没大搞懂。"

高个男人颇为同情地点了点头："我知道，这很难。比喻是最基本的思想工具之一。它能照亮原本晦暗不明的东西。但这种照亮有时太过明亮，不但没能揭示内情，反倒让人头晕目眩。"

拉纳克觉得，尽管高个男子滔滔不绝，但他已经醉了。有人在旁边嘟哝起来。拉纳克转过身去，看到一个矮胖老者一动不动地坐在一把扶手椅里。他穿着深蓝色的西装和背心。他闭着眼睛,但并未睡着,因为他的双手正抓着膝盖。拉纳克倒吸一口气,说:"那是谁?"

"那是我们这座城市的创建人之一。那是贝利·多德。"

扶手椅上的男人说:"不对。"

"好吧,其实他不只是贝利·多德。他是多德市长。"高个男人笑了起来。"没错!"他喘着粗气说,"他就是这整座该死大都市的市长大人。"

他饮尽杯中残酒,哧哧的笑声也随之安静下来,然后他走到餐具柜那儿,重新斟满。市长说:"他想要什么?"

高个男人扭头回望。"是啊,拉纳克,你想要什么?"

"什么都不想要。"

"他说他什么都不想要,多德。"

过了一会儿,市长用平淡的口吻说:"那他对我们没有用处。"

高个男人回到自己的座位,说:"我开始担心,你是对的。"他朝拉纳克笑了笑,坐了下来,"我估计,到最后,你会加入抗议者的行列。"

"他们是什么人?"

"哦,他们是些蛮不错的人。不是什么麻烦,真的。我女儿就是他们当中的一个。我们对所有这一切,抱有很大的分歧。我原先希望,你是脊椎动物,但我发现，你是甲壳动物。你在抗议者那里会感到宾至如归的，因为他们大多数是甲壳动物。现在你会问，甲壳动物是什么，我来告诉你吧。甲壳动物并不像你的水蛭或海绵那样，只是一团带有知觉的占有欲。它具有明确的形状。只不过它的形状并非基于脊柱，而是源于**包裹**着这只动物的、没有感觉的外壳。在甲壳动物这个纲里，你能找到蝎子、龙虾和虱子。"他笑着喝起了威士忌。拉纳克知道，自己受到了侮辱，他站起身，语气尖锐地说："你能不能告诉我，浴室在哪儿？"

"你出门之后，左边第三道门。"

拉纳克朝门走去，不过快到门口时，他转过身来。他说："或许市长可以告诉我，他的城市叫什么名字？"

"他当然可以。我也可以。不过出于安全考虑，我们是不会说的。"

拉纳克打开门走了出去，但一声呼喊叫住了他："拉纳克！"

他转过身来，看到那个男人站在那儿，热切地望着他。"拉纳克，假如有一天，你觉得自己愿意（我该怎么说好呢？），愿意为美好而古老的脊椎动物的神圣形象而奋斗，那就跟我联系，好吗？"

他眼中含泪。拉纳克快步走了出去，心里有些尴尬。

走廊还是黑咕隆咚的。他往左转，朝楼梯走去，一扇扇门地数着。第三道门里面并不是浴室，而是一间奢华、灯光明亮的卧室。在双人床的被褥上，一大堆纠缠在一起的肢体晃动着，弗朗姬、托尔和斯拉登的脑袋伸在外面。拉纳克把门一摔，掩面离去，但方才的画面依然停留在眼底：一堆纠缠的肢体，三副疯狂而空洞的面容，斯拉登的嘴巴开开合合，就像在吃东西。他匆匆踏上楼梯，跑了下去，来到衣帽间。他正要从桌子上那堆衣物里找出自己的外套，这时有个含糊不清的声音说："我觉得，我们从未真正理解过彼此。"

格鲁皮呆呆地笑着，站在门口。他双腿并拢，两臂贴在身侧，上过油的花白头发和银色的夹克闪着潮湿的光泽。他往前凑了几步，那步态就像双腿粘在了一起似的，然后他扑倒在地，发出湿漉漉的啪嗒声。他仍以方才的站姿倒在那儿，只是他的脸后仰得太厉害，结果那副咧着嘴的盲目笑容正对着天花板。他的四肢没有动，但他突然在打磨过的地板上，朝拉纳克这边滑行了一两英寸的距离，这时，灯光熄灭了。

黑暗和寂静来得那么彻底，有那么一瞬，拉纳克只能听到自己的呼吸声。这时他听到格鲁皮说："人们应该善待彼此。为什么你我就不能——"

话音戛然而止，打断它的是突然从地板上吹来的一股寒气，它还带来一股腐烂野草般的咸臭味。拉纳克觉得自己就像站在可怕的深坑边缘。他头晕目眩，蜷缩在地，不敢挪脚，生怕掉下去。他就这样在黑暗中蹲了好长时间。

终于,他看到客厅的灯光从门口照了进来。一个大块头出现在门口,嘟哝着打开了灯。是多德市长。拉纳克站了起来,感到既恶心又尴尬,他说:"格鲁皮。他消失了。格鲁皮消失了!"

市长环顾着房间,就好像拉纳克不在屋里似的,他喃喃自语:"没多大损失,我早该想到的。"

拉纳克心里十分肯定,在这个房间每走一步,都有可能踩中一个看不见的陷阱。他没有跑,而是费力地挪到门口。市长说:"等等。"

拉纳克走进客厅,这才冲他转过身来。市长噘着下嘴唇,皱着眉头俯视着自己的鞋子,然后才说:"你是跟一个姑娘一起来的。她有一头黑发,穿了一件黑毛衣,她的裙子是……我想不起来是什么颜色了。"

"黑色的。"

"正是如此。你知道她在哪儿吗?"

"不知道。"

市长盯着他看了一会儿,然后转身走开了,他语气沉重地说:"不管怎么说,都一样。都一样。"

拉纳克匆匆离去,把身后的门猛地摔上了。

第 5 章　丽玛

外面起雾了。窗户里透出的灯光渗进了雾里,让大宅看上去就像包裹在乳白色的光茧里面,但拉纳克走在光茧外面,什么都看不清,只能凭着脚下砾石的咯吱声,还有霜打的树叶给他的双手和脸部带来的触感,沿着私家车道摸索前行。

来到人行道上,可以借着头顶路灯的光,在黑暗中摸清方向了。湿冷的空气让他的脚步发出响亮的回声,不过五分钟后他断定,所谓的回声其实是身后某人的脚步声。因为紧张,他的后背传来阵阵刺痛。他靠着一段树篱站定,等了一会儿。另一个人的脚步犹豫片刻,然后大胆地走上前来。微暗的朦胧雾气中现出一道身影,慢慢呈现出一团异常稠密的乌黑,然后丽玛那苗条的黑色身影就走了过去,他只来得及瞄上一眼。他赶紧追了上去,高兴地喊道:"丽玛!是我!"

"我看到了。"

"多德市长找你来着。"

"谁是多德市长?"

比起让谈话继续进行,这个问题更像是要中断谈话。他走在她的身边,回想着他在卧室里看到她那些朋友的一幕。那段记忆已经不再让他感到害怕了。它跟他对那个金发姑娘说的话、格鲁皮的消失,还有这场雾融合到了一起。它给她蒙上了特殊的气息,那是在她那儿领略刺激而邪恶的性爱这一可能性散发的气息。他有些突兀地问:"你喜欢这个派对吗?"

"不喜欢。"

"你都做什么了?"

"要是你非要知道,我大部分时间都在卫生间陪伴盖伊。她很不舒服。"

"为什么?"

"我不想谈这个。"

"你愿意跟我聊聊吗?"

"不愿意。"

惊怒交加,让他的心和阴茎都变硬了。他抓住她的胳膊,把她拽得转过身来直面自己,柔声问道:"为什么?"她怒视着他的双眼喊道:"因为我怕你!"

耻辱和疲惫的感觉攫住了他。他松开了她,耸了耸肩,喃喃地说:"好吧,或许你是明智的。"

半分钟后,他惊讶地发现,她走在自己身边。她说:

"对不起。"

"不用道歉。或许我真是危险人物。"

她笑了起来,但很快又忍住了,她把一只手塞进他的臂弯。那份轻轻的触感,把他变得更冷静、更坚强。

他们来到一个街角。雾很大。一辆电车从他们几步开外的位置冲了过去,但一点都看不清。丽玛说:"你的外套呢?你在瑟瑟发抖。"

"你也是。我想带你去喝杯咖啡,但我搞不清我们在哪儿。"

"你还是跟我来吧。我就住在附近,我还从派对上偷了一瓶白兰地。"

"你不该那么做的。"

丽玛把手猛地抽了回来,说:"你,可真是个,大,讨,厌,鬼!"

拉纳克被这话给刺痛了。他说:"丽玛,我并不聪明,也没有多少想象力。我只有几条生活的原则。这些原则或许会惹恼那些足够聪明、不用按照它们生活的人,但我忍不住要多嘴,你也不应该责备我。"

"好吧,对不起,对不起,对不起。好像你只要朝我吹口气,就可以让我道歉。"

他们转过街角。拉纳克说:"我也可以让你害怕。"

她没有作声。

"我也可以让你笑。"

她轻声笑了笑，又挽起了他的胳膊。

他们好像走进了一条巷子，两侧是私家车库般的低矮建筑。丽玛打开一扇门，领着他走上一段又窄又陡的木质楼梯，打开一盏灯。她那朴素的举止和衣着让拉纳克觉得，她的房间或许也很简朴。是个小房间，天花板是斜的，屋里没有多少家具，但有很多细微的透出悲伤的私人痕迹。墙上固定着儿童蜡笔画，是用并不令人信服的笔法画的绿色田野和蓝色大海。还有拉纳克见到的唯一一只钟表，雕刻和油漆成一座小木屋的样子，底下有个钟摆，镀金的摆锤形状就像杉树的球果。指针都不见了。一把没有弦的吉他搁在抽屉柜上，一只泰迪熊坐在床上，床只是一张贴着墙放在地上的床垫。丽玛打开电暖气的开关，脱下外套，在碗柜大小的洗涤室里忙着摆弄起了水壶和小煤气炉。屋里没有椅子，于是拉纳克倚着那张床席地而坐。电暖气很快就把小屋烘热了，他马上脱掉了浸透雾气的夹克和运动衫，尽管他体表有了热度，体内的寒意还是让他阵阵发抖。丽玛端进来两大杯黑咖啡。她跪坐在床上，递给拉纳克一个杯子，说："或许你不会拒绝喝下它。"

咖啡的滋味被糖和白兰地的味道盖过了。

过了一会儿，拉纳克仰面躺在床上，有种舒适和微醺的感觉。丽玛闭着眼睛，肩膀倚着墙，把泰迪熊放在大腿上抱着。拉纳克说:"你一直对我很好。"

她摸了摸那个旧玩具的脑袋。拉纳克努力找话说。他说:"你是很久以前来这座城市的吗?"

"你说的'很久'是什么意思?"

"你来的时候,年龄还很小吗?"

她耸了耸肩膀。

"你记不记得,以前白天又长又亮?"泪水从她紧闭的眼里滑落。他碰了碰她的肩膀。

"我帮你脱衣服吧?"

她同意了。他解开她的胸罩时,他的手摸到一种熟悉的粗糙。

"你有龙皮!你肩胛骨上全是!"

"这让你感到兴奋吗?"

"我也有!"

她用刺耳的声音喊道:"你认为这是连接我们的纽带吗?"

他急忙摇头,把一根手指放在她的唇边,觉得她的话又会拉大两人的距离。他想温柔地对待她,而她对这股温柔既需要又排斥,焦虑把他的爱抚变得笨手笨脚,直到生殖器的急切卷走了这股思绪。

事后,他放松下来,生出了睡意。他听到她从身边轻快地爬起来,开始穿衣服。她生硬地问:"怎么样?有意思吗?"

他努力想了想,然后挑衅地说:"对。很有意思。"

"对你来说，挺不错的吧。"

噩梦般的感觉开始包围着他。他听到她说："你不擅长性爱，对吗？我估计，斯拉登就是我能找到的最棒的了。"

"你跟我说过，你不……爱……斯拉登。"

"我不爱，但我有时会利用他。就像他利用我那样。他和我都是很冷酷的人。"

"你为什么让我来这儿？"

"你那么想得到温暖，我还以为你是个温暖的人。结果你像我们这些人一样冷酷，真的，而且你对此更为担心。我觉得正是这一点让你变得笨拙。"现在他真的陷入噩梦里了，他躺在噩梦的底部，仿佛置身海底，但还能呼吸。他说："你这是想要我的命。"

"对，但我做不到。你结实得**吓人**。"

她穿完衣服，轻快地拍了拍他的脸颊，说："好了。我不会再向你道歉了。起来穿衣服吧。"

她倚着抽屉柜站着，望着他慢吞吞地穿衣，等他穿完，她冷酷地说："再见，拉纳克。"

他所有的感觉都麻木了，但他站了一会儿，傻乎乎地盯着她的脚。她说："再见，拉纳克！"然后抓着他的胳膊，把他领到门口，推了出去，猛地带上了门。

他摸索着往楼下走去。快走到楼梯底端的时候，他听到她打开门，喊了声"拉纳克！"。他扭头望去。一个黑乎乎的东西旋转着落在他的头上，把他的头包得严严实实,然后门又猛地关上了。他把那东西拽下来,发现是一件羊毛朝里的羊皮夹克。他把它挂在底层楼门内侧的把手上,走进巷子,离开了。

过了一会儿,浓重的寒雾与他冰冷的头脑和身体已经不分彼此了。他在这种融合物中沿街前行,双脚不知道在底下的什么位置,带着一个麻木的灵魂内核往前走去。他能感觉到的唯一一样东西就是瘙痒的右臂,有好几次,他停下来,为了隔着袖子解痒,把右臂贴在墙角上来回摩擦。现在,一辆辆电车的声音和灯光从他身边频频掠过,穿过一条街道之后,他被自己和一盏高高的路灯之间的那个复杂的形体给搞糊涂了。走到近前,他认出,那是一位女王跟一列长长的随从,女王侧着骑在一匹后腿直立的马上。这是大广场上的一尊雕像。他考虑着去保障办公室取暖,但最终还是决定去喝点东西。他穿过另一些街道,最后看到红色的霓虹灯在人行道上方照耀着。他打开一家香喷喷的小烟草店叮当作响的店门,穿过店堂,走下一段楼梯,走进加洛韦茶室。这地方的天花板很低,面积比楼上的店面大得多。一间间凹室占去了大部分面积,有些凹室开在别的凹室里面,每个凹室里都有一张沙发、一张桌子和几把椅子,还有一个装在饰板上的鹿头。拉纳克点了柠檬茶,坐在一张沙发的角落里,睡了过去。

过了好长时间,他醒了过来。摆在面前桌上的那杯茶已经凉了,他听到两名商人在交谈。他的耳朵离一道棕色厚布帘只有一英寸距离,这道布帘把他的沙发跟他们的分隔开来,他们显然没意识到会有人偷听。

"……多德站在咱们这边。毕竟,公司除了提供街道照明和保持电车运行,没有别的事可做,而且这些服务项目也收不抵支。他们只能靠出售市政物业来贴补贴补,所以多德卖,我来买。"

"不过你买下之后,再怎么办?"

"分租。如果我们用企口板隔断把它们分隔开来,那这些房产里最小的也能分隔成十六间单身公寓。我量过。"

"别发疯了!怎么会有人愿意要那么小的公寓,只因为它在广场上?城里的房子空了三分之一,当房东无利可图。"

"暂时无利可图。我是说,最终要把它们分租出去。"

"别神神秘秘的,艾奇逊。你可以相信我。"

"好吧。你知道人口比以前少了。那你有没有正视过这个现实:人口一直都在减少?"

"为什么?"

"你知道为什么。"

然后是一阵沉默。"那些新来的呢?"

"他们的人数不够多。你住在旅馆里,不是吗?"

"当然。"

"当然。我也一样。旅馆里的住客消失不见,没人会在意。住在隔壁的客人过了一段时间,不再出现了,这很正常。廉租公寓里的生活就不一样了。突然,楼梯平台对门那家变空了。再过一小段时间,楼上那家也空了。然后你会注意到,街上的一半窗户都没有透出灯光。多么令人不安!告诉你吧,现在人们还装作没有注意到。等他们再也没有邻居的时候再看吧。等到他们孤孤单单,开始恐慌的时候再看吧!他们会涌入市中心,就像落水的人往木筏上爬。如果市政厅到时还空着,他们就会闯进去住下来。但它们不会空着,因为我会把它们分租出去。"

停顿片刻之后,另一个声音有些不情愿地说:"非常聪明。但你是不是有点太乐观了?你是在拿未必长久的趋势做赌注。"

"有什么能阻止得了它呢?"

拉纳克站起身,感到十分害怕。不久前,他还告诉斯拉登,自己很知足。可现在他听到、看到、回忆起的每一件事,都在将他推向恐惧。他有些绝望地想要丽玛陪伴在身旁,那个愿意微笑也愿意陪他一起难过的丽玛,那个他能抚平其恐惧的、不会拿话像石头一样砸他的丽玛。他付了茶钱,回到自己的房间,脱去衣服。脱下夹克和运动衫之后,他看到右边的衬衫袖子被干涸的血渍弄得硬邦邦的,脱下衬衫之后,他发现从肩膀到手腕,整只胳膊全是龙皮,就连手背上也有一块块的龙皮。他穿上睡衣,钻进被窝,睡了过去。似乎也没有别的事可做了。

第6章 嘴

他不想见任何人,不想做任何事,一门心思只想睡觉,睡得越多越好,醒来也只是盯着墙看,直到睡意再度袭来。想起那种病在睡觉时发展得最快,对他来说是种阴郁的乐趣。随它发展去吧!他心想,我还能培养别的什么东西呢?不过等到龙皮长满胳膊和手,它就不再发展了,但整条胳膊长长了六英寸。手指变得更粗短,指间生出了小小的蹼,指甲也变得更长更弯。每个指节都长出一个玫瑰刺般的红尖儿。还有个类似的尖儿,有一英寸半长,长在肘部,老是钩住床单,于是睡觉的时候,他把右臂悬在被褥外面,搁在地板上。这样并不难受,因为右臂没什么感觉,但他想让它做什么,它都能做到,动作十分敏捷,有时候,还没等他有意识地形成什么心愿,它就已经照做了。他会发现右臂把一杯水端到嘴边,然后才注意到自己渴了;还有三次,它捶打着地板,直到他醒来,弗莱克太太端着一杯茶跑进屋里为止。他很不好意思,告诉她别理它。她说:"不,不,拉纳克,我丈夫消失前就长过那个。你千万别不理它。"

他向她道谢。她在围裙上蹭了蹭手,像是要把它们擦干,她有些突兀地说:"你介不介意我问你点事?"

"不介意。"

"你为什么不起床,拉纳克,不出去找工作?我已经因为这个,失去一个丈夫"——她冲他的胳膊扬了扬下巴——"和好几个房客了,在最后的时刻来临前,他们全都卧床不起,他们都像你一样,是规矩又安静的人。"

"我为什么应该起床?"

"我不想谈这个,不过我自己也有病——不是你那种,是另外一种——它扩散得并不快,因为我有活儿干。先是要照料丈夫,然后是房客,现在又是这些该死的孩子。我能肯定,如果你起来工作,你的胳膊会好起来的。"

"我能找到什么工作呢?"

"路那边的冶炼厂正在招工。"

拉纳克发出刺耳的笑声,说:"你想让我给Q39制造配件。"

"我对厂里的活儿一无所知,不过如果一个人通过工作,既能赚到钱,又能得到锻炼,我不明白,他还有什么好抱怨的。"

"我的胳膊都这样了,我还怎么去工作?"

"我告诉你该怎么办吧。我丈夫也在同一条胳膊长过同样的东西。所以我给他织了一只厚羊毛手套,用软皮做内衬。他从来没用过。但如果你戴上它,再穿上你的夹克,谁也发现不了,就算他们能发现,又有什么关系呢?有好多人还长着蟹爪般的手呢。"

拉纳克说:"我会考虑的。"

右手端起茶杯递到嘴边,一直放在那儿,搞得他没法再说什么了。

有时候,孩子们就在屋里的地板上玩。他喜欢这样。他们喜欢争吵,但他们从不解释生活是什么,也不劝他去做事,他们的自私不会让他感到难受。在这样的时候,他会为自己的大胳膊感到难堪,他会把它搁在被褥底下,但有一次,他醒来时,发现它露在外面,孩子们蹲在它的周围,直盯着看。男孩羡慕地说:"你可以用它杀人。"

拉纳克感到羞愧,因为他也这样想过。他把胳膊挪到视野之外,不太确定地咕哝着,还是两只人手更好。男孩说:"没错,但打架的时候可不是。"

拉纳克发现,他开始对这条手臂感到着迷。它的颜色其实并非黑色,而是很深的墨绿色。它之所以看起来像疾病,是因为它长在人的身上,不过单就它本身来看,富有光泽的冰凉皮质,长刺的红色指节和臂肘,犹如钢刀的弯曲手爪,其实看起来非常健康。他开始幻想,它能造成什么样的破坏。他想象着自己进入"精英",穿过店堂,把右手揣在夹克的胸襟里面,向斯拉登那伙人走去。他会翘起一边嘴角向他们微笑，然后猛地露出这只手。当斯拉登、托尔和麦克帕克吓得跳起来时，他会用一记横扫，将他们打昏，然后把尖叫的姑娘们赶进角落，抓掉她们的衣服。然后画面变得混乱起来，因为他的每个幻想都会变成另一个，直到他达到高潮为止。做完这些梦，他就会变得阴沉冷酷而又沮丧。有一次，他发现自己用左手的指尖抚摸着冷冰冰的右手，喃喃自语："要是我全身都是这样……"不过如果他全身都是这样，他就不会再有感觉了，于是他想起了丽玛和她和颜悦色的那些时候：在卡车里那次，她碰了碰他，向他道歉；他们彼此相拥着跳舞；她在雾里笑他，把手塞进他的臂弯；她泡的咖啡；甚至还有她扔出来的那件夹克。但这些记忆太无力，无法恢复人类的感觉，他又会重新欣赏起那条龙肢毫无知觉的力量，直到重新睡去。

最后，他在剧痛中醒来，疼痛令他放声大叫。弗莱克太太跑了进来。透过睡衣上装，他的腰间撕开了一个参差不齐的伤口，伤口流出的血沾满了毛毯。拉纳克咬住左手的拇指指节，不让自己继续大叫，他盯着自己沾满血迹的右爪。弗莱克太太跑去拿绷带和水，不过等她回来的时候，龙皮已经凝结在伤口上了，拉纳克坐在床上，套上衣服。他说："你说起过一只手套。可以拿给我吗？"

她来到门厅的碗柜那儿，取出她丈夫的手套和一件防水的外套,帮拉纳克穿上。然后他离开了屋子。

之前下过雪,但细雨把积雪变成了雪泥。之前他上床睡觉,是因为其他选择让他反感,现在,他走在大街上,挑选雪泥最少的街道行走,是因为睡觉太危险。他再次来到广场。坐落在广场侧面的一栋楼,一楼的窗户亮着灯,里面回荡着敲敲打打和拉锯的声音。拱门开着,露出铺着大理石的门厅,门厅正中有一座红色小木屋。小木屋上贴满写着"你的时间不多了——现在就抗议吧"的布告。这话就像特意为他写的,于是他走过大理石地面,来到小木屋,走了进去。

一个瘦削、留着胡须、佩戴牧师领的男人,还有一个头发乱蓬蓬的白发老妇,坐在柜台后面,往信封里装小册子。一个头发浓密的青年在他们身后的一张桌子旁边飞快地打字,一个迷人的姑娘坐在桌子上,慵懒地拨弄着一把吉他。当拉纳克走到柜台跟前时,那个女人双手紧扣,放在下巴下,带着鼓励的笑容望着他。犹豫片刻之后,他小声说:"我对发生在我身上的事感到害怕。"

她用力点点头。"不错!难怪。如果你一直留意周围,你就会发现,我们的时间不多了。"

"我能做什么?"

"最基本的需要是说服别人相信危险的存在。当我们的人超过半数时,我们就能采取行动了。你愿不愿意帮我们散发一些小册子？"

"那没什么用。你要明白，我的胳膊全是——"

"哦，我们理解！尽管是这样，但你能来，我们很高兴。请别以为我们不在乎。我们发起这场运动，正是因为我们发自内心地在意。不过这种私人的困扰来说，努力工作是唯一的答案，为了一项正直的事业而努力工作。我敢肯定，只要你冷静地坐下来，写好那些信封的地址，它就会给你带来超乎想象的帮助。"

拉纳克摘下手套，给她看自己的右手。她那张亲切的圆脸蛋变红了，但她还是坚定地望着他的眼睛说："你瞧，这种——私人的——疾病，唯一的治疗方法就是阳光。我们的政党正在努力恢复阳光。市中心的地价被人为炒高了，这导致地平线上盖了太多的高楼，太阳很难升到比它们更高的高度。只要我们的人超过半数，我们就能说服当局采取行动。"

头发浓密的青年停止打字，卷了一支烟。他说："扯淡。就算我们明天超过了半数，形势也不会有什么改观。统治城市的是它的主子们。九成的工厂和房产都属于那几名金融家和地主，有一套官僚体制和司法体制保卫他们，帮他们敛财。他们是少数派，他们执掌大权。我们为什么要等到人数更多，才去夺取政权？从人数上讲，我们已经是多数了。"

女孩从吉他上抬起头，说："我想，你对首脑阶层未免太苛刻了。他们从骨子里觉得，现有体制有失公平，运转不灵，所以有识之士深感厌倦，加入了我们。

我就是这样。我爸是陆军准将。"

"我们能包容形形色色的观点，"白发老妇说，她有些慌乱，"但我们有一点共识，那就是对阳光的需求。你也需要阳光，所以为什么不加入我们呢？"

拉纳克直勾勾地盯着她，她勇敢地用笑容来回应，但最后还是耸了耸肩，重新处理起那些信封。她身边的那位牧师朝拉纳克俯下身子，小声说："你已经身处深坑[1]边缘了，对吗？"尽管他留着胡子，但他的脸透着稚气和热切的希望，右眉上有块蓝色的痕迹，像是一块瘀青。他低声说："这个组织里的人觉得，深坑还离得老远，所以戴上你的手套吧，我们帮不了你。"拉纳克咬着下唇，戴上手套。这个男人又说："如果你能摆脱深坑，希望你还能加入我们。到那时，你不会再需要我们，但我们肯定会需要你。"

拉纳克语气沉重地说："我不知道你在说什么。"说完便走开了。

他穿过广场，朝"精英"走去，因为那儿是他唯一能想到，丽玛有可能也在的地方。他从寒气中走过，她那些和颜悦色的瞬间洋溢着光和热，而且她也有龙皮，它把她变成什么样了？他跳过被淹没的水沟，冲过一道道雪泥。他推开休息室的玻璃门，冲到楼上，咖啡馆里空无一人。他站在门口，难以置信地环顾四周，

---

[1] 此为双关语，亦有"绝境、陷阱"之意，后文将有解释。

但里面一个人也没有，就连总是站在柜台后面的那个人也不在。拉纳克转身往楼下走去。

穿过中间的楼梯平台时，他看到楼下有个姑娘在休息室的收银台那儿买烟。是盖伊。他叫了她的名字，匆匆忙忙地下了楼。她看起来更白更瘦了，但她跟他问候时，流露出令人惊讶的活力，她轻轻跳起来，吻了他的嘴唇。她说："你去哪儿了，拉纳克？为什么这段时间你神秘消失了？"

"我一直在床上。跟我一起上楼吧。"

"上楼？如今没人上楼了。那儿太糟了。现在我们用楼下的咖啡厅，那儿的光线更舒心。"她指了指一块厚厚的红色帘幕，拉纳克还以为帘幕后面是进电影院的门。她把帘幕轻轻拽开，说："来加入我们吧。老伙计们全都在。"

帘幕里面完全是一片漆黑。拉纳克说："里面一点光都没有。"

"有光的，不过你的眼睛要过一会儿才能适应。"

"丽玛在里面吗？"

盖伊松开帘幕，不自在地说："从我的……我的订婚派对那天起，我就再没看到丽玛。"

"那她在家里？"

"我想是吧。"

"你能不能告诉我，她家怎么走？上回下雾时我去过，现在又找不到路了。"

盖伊的脸好像突然变老了。她双臂交叠，垂下了脑袋和肩膀,从侧面望着他,有气无力地说:"我可以带你去。不过斯拉登会不高兴的。"

"带我去吧,盖伊!在派对上,你不舒服的时候,她还帮过你。我担心她也出了什么事。"

她用狡黠、惊恐的目光看了他一眼,说:"斯拉登让我出来买烟,不管因为什么事,他都痛恨等待。"

拉纳克看到,自己的龙手正在攥拳,想要打她。他把它插进衣兜,它在兜里扭来扭去,像只螃蟹。盖伊没有发现。她满怀渴望地说:"你非常结实,拉纳克。我想,如果你拉着我的手,我就能陪你去。但斯拉登从不让我走。"

她向他伸出一只手。他欣然抓住,两人来到街头。

盖伊的脚步虚浮无力,他用那只完好的胳膊搂着她的腰,帮她往前走。起初他们走得很快,后来他胳膊上的压力开始变强。她的双脚在滑溜溜的人行道上无法踩实,尽管她体重很轻,但感觉就好像有根松紧带固定在她的背后,让她每往前走一步都更费力。他在一根路灯杆底下停了一会儿,累得直喘。盖伊用一只胳膊搂着路灯杆,稳住自己的身体,但她看起来十分平静。她用狡黠的目光斜着看了看他,说:"你右手上戴了手套。我左手上也戴了!"

"它怎么了?"

"如果你给我看看你的病,我就给你看我的!"

他刚要说,他对她的病不感兴趣,结果她摘下了她的毛皮长手套。他目瞪口呆。他以为会看到跟自己一样的龙爪,结果只看到一只形状完美无缺的白皙小手,手指轻轻地攥在一起,然后她松开手指,让他看掌心。他花了片刻时间,才看出掌心里有什么东西。上面有张嘴,有些讽刺地咧着。它张开后,细声细气地说:"你想搞明白事情,这让我很感兴趣。"

是斯拉登的声音。拉纳克低语着:"哦,真见鬼!"盖伊的手垂落在身侧。他看到,她的脚底比人行道高出一英寸的距离。她的身体悬吊在他的面前,仿佛她的脑袋里有根钩子似的,她的笑容空洞而愚蠢,她的下巴耷拉下来,从她嘴里发出的声音,并不是靠嘴唇与舌头的活动形成的。尽管有点瓮声瓮气的回声,但那是斯拉登的声音,它油嘴滑舌地说:"是时候重新聚一聚了,拉纳克。"同时有个一模一样的细小声音在她的左手上尖声喊道:"你为错误的东西担心过度了。"

"哦!哦!"拉纳克口齿不清地说,"真见鬼!"

他用戴了手套和没戴手套的手掩着嘴巴,一直盯着盖伊晃晃悠悠的身影,从她旁边向后退去。她也像挂在钢丝上滑动的物体似的,颤颤悠悠地向后滑去,起初很慢,然后渐渐加速,直到他看到她那副空洞的笑脸渐渐变模糊,缩成一个小点,往咖啡馆的方向去了。

他转身就跑。

他漫无目的地奔跑着,直到他脚下一滑,跌倒在泥泞的人行道上，摔伤了髋部和肩膀，裤子也浸湿了。等他站起身，恐惧已经被绝望所取代。想要离开这个城市的愿望变得十分强烈，同样强烈的还有这样一个信念：街道、楼房和生病的人们，在朝四面八方无限扩张着。他站在栏杆旁边，栏杆另一侧有一堆雪，没有被雨水浇融。雪堆里长着一些光秃秃的树。树和雪看起来那么清新，于是他翻过栏杆，从一棵棵树中间向上攀登着。后方的路灯照亮了一片模糊的山坡，那是一片墓地。黑色的墓碑伫立在皑皑白雪中，他在墓碑中间攀爬着，为这里的地面曾经自然而然地将人吞噬感到惊讶。他来到一条安放着一张长凳的小路，用衣袖拂去座位上的雪，然后跪下，磕了三个响头，他从灵魂深处呐喊着："让我出去！让我出去！让我出去！"过了一会儿，他站起身，磕头磕得有些晕眩，但他对浸湿的衣服和身上的疼痛毫不在意。他感到出奇地轻松。山顶的一些方尖碑散发着黄色的光晕，照亮了几座碑体的底座，映衬出其他碑体的轮廓，于是他往山顶跑去。

山顶下方的斜坡异常陡峭，拉纳克不断地冲上去，滑下来，最后他借着一股冲劲儿来到山顶，在两座纪念碑中间绊倒在地。山顶是一片圆形场地，边缘部位是一圈方尖碑，中间也有一簇。它们又高又旧，基座上雕刻着纪念性的图案。这里的光线令他感到迷惑。那种暖光就像是一团稳定的火焰散发出来的，但它并没照亮高于地面五英尺之外的范围,也没有投下任何阴影,拉纳克绕着中间那些纪念碑走了一圈,也没发现光源在哪儿。有个基座上的光最为明亮,就在他进入这个圆环的位置旁边,于是他仔细观察了一番,想从中找出线索。那是一块大理石料,由饰结路冶炼厂的工人和管理人员所立,以此向一名医生致谢,他在1833到1879年间,为他们提供了娴熟而可靠的服务。拉纳克把铭文又读了一遍,这时他发现,石块中间有一道模糊的影子。他扭过头去,想看看是什么投下了阴影,结果一无所见,不过他回过头来再看的时候,那道影子看上去就像是一只展翅的鸟儿。但颜色变深了,他看到,那里凝聚出来的形状,是一张三英尺宽的嘴,双唇相接之处是一条安详的水平线。他的心怦怦直跳,这是因为激动,绝非恐惧。当双唇完全成形以后,它们分开,说起话来。正如一束强光无须照亮整个房间便能将一只眼睛照花,它的声音也无须多么响亮便能将耳朵刺透。因为那股刺痛太过剧烈,那些音节刚刚说出的时候,他没能听懂,不过话音一落,他不得不回想,方才它说的是什么。那张嘴说的是:"我就是出路。"

拉纳克说:"你这话是什么意思?"

双唇紧闭,呈一条直线,看起来就像用尺子画在石块上的,它轻快地移向地面,轻而易举地穿过了底座上的凸起部分,就像海鸥的影子穿过瀑布一样轻松。它快速掠过雪地,然后在他双脚跟前停了下来,张开了一个椭圆形的深坑。嘴唇的边缘在雪地上投下少许阴影，但嘴唇画着陡峭的弧度，落在完美的牙齿突起的尖端。从那片黑暗中升起一股寒风，有着腐烂海草的咸味，然后又是一股烤肉味的热风。拉纳克因为恐惧和晕眩而颤抖。他想起盖伊手上那张嘴，它后面只有一个身处暗室、使人厌恶、性情冷酷的男人。他说："你要带我去哪儿？"

嘴闭上了，边角开始变得模糊。他看到嘴巴正在消失，自己将会被撇在这座城市的山顶，这座城市的贫瘠与荒凉绝对要胜过深坑里的任何东西。他喊道："停！我要去！"

嘴又变清晰了。他谦卑地问："我应该怎么过去？"

它回话了。刺痛耳朵的声音停止之后，他发现它说的是"脱光衣服，头先进"。

外套和夹克很难脱掉，因为他腰里长出了刺，戳破了衣服。他把衣服撕掉，丢在地上，然后望着耐心张开的嘴。他用那只好手揉了揉脸，说："头先进，我害怕。我打算倒着垂落下去，靠双手把自己挂住，要是我太害怕，不敢松手，请让我多挂一会儿，直到我掉下去为止，对这份善意，我会感激的。"

他盯着嘴看，但它一点没动。他坐在破破烂烂的外套上，脱掉了鞋子。恐惧让他放慢了动作，他越来越怕它彻底不让自己进去，于是他不再继续脱衣服，直接来到嘴边。冷热交替的呼吸融化了周围的积雪，露出一圈结实而潮湿的砾石。为了回避思考,他加快了动作,他坐下来,把双腿伸进嘴里,抓着对面的牙,把身子滑进嘴里,只用手挂在那儿。因为右臂比左臂长,他就只用右臂悬吊着,忍受着烤肉味热气和烂海草味寒气的冲击,等待那只手耗尽力气松开。但它没有。他的爪子抓着一颗大门牙,就像用螺丝固定在上面似的,当他试着松开爪子时,整条肢体的肌肉开始收缩,把他拉向牙齿中间的椭圆形阴暗天空。再过一会儿,他的脑袋和肩膀就要穿过牙齿了,他连忙喊道:"闭紧!牢牢闭紧!"

伴着一声撞击声,黑暗在他的头顶合拢,他掉了下去。

但没掉出多远,嘴下面的空腔就变成了狭窄的食管,他磕磕碰碰地滑了下去,速度越来越慢,因为他身上的衣物和胳膊上的刺开始钩住侧壁。侧壁开始反复收紧和放松,收紧时变热,放松时变冷,他的下滑变成了夹紧时滚烫和跌落时冰冷的连番交替。压力和热度变得越来越强,夹紧他的时间也变长了,最后他朝着侧壁拳打脚踢。他马上就落了下去,不过只落了几英尺,就又被死死夹住,他的胳膊和腿半点都动弹不得。他张开嘴放声大叫,结果混在一起的羊毛和布料挤进了他的嘴里,因为那股压力把他的汗衫、衬衣和运动衫,拽到了他的脸上。他快要窒息了。他尿了出来。巨大的握力中断了,他向下滑去,衣物向上滑去，放过了他的口鼻，然后侧壁再次收缩挤压，力度比之前更强。这时他已经丧失了大部分的感觉。思维和记忆、臭气、热度和方向都消散了，除了压力和持续的时间，他什么都不知道。仿佛有好几座城市堆在他的身上，那份重量每过一秒就会增加一倍，除了动作，没有什么能够缓解这份压力，要是他不动弹，所有时间、空间和思想都会终止，不过他上回能动动脚趾或眼皮已经是亿万年前的事了。后来，他觉得自己就像一只无穷大的虫子，在无边的黑暗中扭来扭去，向下坠落，想要呕出一个肿块，自己快要被它给噎死了。

过了一会儿，似乎一切都不太重要了。有些手在触摸他的腰，轻柔地擦拭，又轻柔地烘干。光线太强烈，刺得他睁不开眼睛。响起了柔声细语，还有人在轻声嬉笑。最后，他把眼皮撑开了尽可能窄的一道缝。原来他赤着身体躺在一张床上，有一条干净的毛巾搭在他的生殖器上。两名身穿白裙的姑娘站在他的脚边，用小小的银色剪刀修剪着脚指甲。在她们低垂的脑袋中间，他看到了远处挂在墙上的表盘，大大的白色表盘，有一根纤细的猩红色秒针在绕其运行。他往身体右侧瞥了一眼。长在肩膀下面的，是一条像模像样、普普通通的人类肢体。

第7章　研究所

　　食物总是一种类似鱼肉的松软白肉，或者像鸡胸肉那样结实的肉，或者像蒸蛋那样淡黄色的肉。完全没有味道，不过尽管拉纳克吃得从不多于盘子里那一小份的一半，食物还是让他变得异常舒适和警觉。房间有着乳白色的墙壁和打磨过的木地板。五张铺着蓝色床罩的床，都靠在一面墙上，拉纳克在中间那张床上，他对面的墙上开了五扇拱门。他能看到拱门后面的走廊，还有一扇大窗，上面蒙着威尼斯式的白色百叶窗。钟表在中间的拱门上方，它的表盘划分成二十五个小时。五点半的时候，灯光亮起，两名护士端着热水和剃须用品进来，铺好病床。六点、十二点和十八点的时候，她们推着带轮的小柜子过来送饭。九点、十五点和二十二点的时候，一名护士给他端来一杯茶，用有点唐突的手法给他量体温、测脉搏。二十二点半的时候，天花板上的霓虹灯管褪去色彩，就只剩透过走廊百叶窗照进来的光线了。这是一种珍珠白色的动态光线，出自多个光源，它们全都在动，随着移动变亮或变暗，但这种移动十分缓慢而邈远，不可能是车灯照出来的。它让拉纳克感到舒心。拱门之间的每根柱子都会在室内投下好几道阴影，每道阴影有着不同的灰度，每道阴影都在以各不相同的缓慢速度，朝着一侧或另一侧漂移。这些阴影模糊、有节奏但并不规律的运动，不同于那种可怕的黑色挤压——如今贴在脸上的枕头仍会让他想起那种挤压——这令他深感安慰。一天早晨，他问前来铺床的护士们："窗外是什么？"

"只是风景而已。绵延数里的风景。"

"为什么百叶窗从不拉上去？"

"那种光景，你会受不了的，浓眉毛。我们这些痊愈的人都受不了。"

她们开始管他叫浓眉毛。他在两英寸见方的剃须镜里打量着自己的面容，发现自己的眉毛已经有白的了。他心事重重地躺回去，问："我看起来有多大年纪？"

一个说："三十出头。"

另一个说："反正不是雏儿了。"

他闷闷不乐地点点头，说："不久前，我看起来要比现在年轻十岁。"

"好吧，浓眉毛，这就是生活，不是吗？"

那天早晨，有一名秃顶的专业人士过来拜访他，那人穿了件白大褂，戴着半月形的无框眼镜。他站在床边，表情严肃地审视着拉纳克，但严肃的表情并未完全掩盖他脸上的笑意。他说:"你还记得我吗?"

"不记得。"

医生指了指贴在自己下巴上的一块膏药,说:"三天前,你给了我一拳,就打在这儿。哦,没错,你是打斗着出来的。不好意思,从那以后,我一直没有时间过来看你。要处理严重病例,我们的人手不太够,所以我们把毫无希望和接近痊愈的病人留下,全靠他们自己恢复。你已经能上厕所了吗?"

"能,只要我扶着床和墙。"

"我猜,你还是睡不安稳?"

"不算太安稳。"

"你恢复得很快。如果你当初把衣服脱好,先把头伸进来,你现在已经满地跑了。现在,你正从严重休克中渐渐康复,所以放轻松。你有什么特殊的需要吗?"

"你能不能拿点书给我看?"

医生把双手揣进衣袖,噘着嘴巴站了一会儿,看起来就像个中国清代的官吏。他说:"我尽量,但我不能保证。自从二战爆发,我们研究所就与世隔绝了。只有一条路能进来,你也亲眼看到了,携带行李有多么不可能。"

"但护士们都是些年轻姑娘!"

"怎么?"

"你说过,这里与世隔绝。"

"没错。我们从病人中招募员工。我想,你很快就会加入我们。"

"等我好些,我打算离开。"

"说起来容易,做起来难。过一两天我们再讨论吧,等你能走路了再说。在此期间,我去找找有什么能看的东西。"

护士们来送午饭时,还捎来一本儿童漫画书《奥尔·伍利的1938年年刊》[1]、一本没了封面的犯罪小说《没有给布兰迪什小姐的兰花》[2],还有一本保存完好、厚墩墩的小书《圣战》,书里的s基本印成了f,还有一半的页边没有裁开。拉纳克读起了《奥尔·伍利》。有些地方让他面露微笑,但好多页被人用粗大的棕色蜡笔涂污了。他开始看《没有给布兰迪什小姐的兰花》,当天晚上,看到一半的时候,护士们匆匆进来,在他的邻床周围竖起屏风。她们送来了用金属圆筒和手推车盛放的医疗设备,出门时说:"来了一个你的朋友,浓眉毛。"

一名男护士推进来一个担架,病房里充满了嘶哑的喉部呼吸声。担架上的人被走在旁边的两名医生挡

---

[1] 奥尔·伍利(Oor Wullie),苏格兰著名的漫画形象,为身穿工装裤、带着铁桶的小男孩。同名作品原本在报上连载,此处的年刊指全年连载的合辑。
[2] 《没有给布兰迪什小姐的兰花》(*No Orchids for Miss Blandish*),英国作家詹姆斯·哈德利·蔡斯(James Hadley Chase,1906—1985)所著犯罪小说,出版于1939年,后被拍成了同名电影。

住了，其中一名正是拉纳克的医生。他们去了屏风后面，担架被移走了。拉纳克没了看书的兴致。他躺在那里，听着器械的叮当声、医生们的低语声、刺耳的用力呼吸声。护士送来了晚上喝的茶，灯熄了。除了屏风后面亮着一盏灯，整个病房又沐浴在走廊窗户投下的晃动阴影中。呼吸声变成了几句悄声重复的叹息，然后听不到了。屏风、手推车和器械都被推了出去，别人都走了，只剩戴无框眼镜的医生，他来到拉纳克床前，重重地坐在床边，用一张纸巾擦拭着额头。他说："他的病治好了，可怜的家伙。天知道他能不能从这趟行程中恢复过来。"在床头灯下面，靠在一堆枕头上的是一张酷似黄色骷髅的脸，唯一能表明年龄和性别的迹象是一撮边角低垂的白色髭须。眼窝深陷，看不到眼睛。一只骨瘦如柴的手臂搭在被褥上，一根橡皮管从吊瓶里往肱二头肌周围的绷带里输液。

医生叹了口气，说："我们尽力了，他的舒适感至少能维持八个小时。我希望你帮我们一个忙。我想，你睡得还是很浅吧？"

"对。"

"他有可能恢复意识，想要交谈。我可以留一名护士在这儿，但她们那副该死的职业化的爽朗态度，会让内省的男人感到沮丧。要是他愿意，你陪他聊聊吧，要是他想找医生，就在这个上呼叫我。"

他从兜里掏出一个香烟盒大小的白色塑料无线电

设备。一面是圆形的网孔，侧面有个红色开关。医生按下开关，有个细小、清晰、狂躁的声音让班纳吉医生去Q分娩室。医生把它关掉，塞到拉纳克的枕头底下。他说："它能双向通话。如果你对它说，你要找我，他们就会替你传话，我叫芒罗。不过不用尽力保持清醒，如果他需要你，他会叫醒你的。"

拉纳克睡不着了。他躺在笼罩着病人的灯光边缘，背对着那个骨感的脑袋，把玩着枕头底下的无线电。芒罗说过，他的研究所人手不足，但员工数量还是挺多的。不到十分钟，他就听到四十个不同的医生被透着焦急的声音叫到一些地方，接手一些任务，那些地方和任务都是他完全想象不出的。有一通呼叫说："请吉布森医生去洗涤池[1]，北部边缘有反抗。"另一通说："R-60病房需要整骨医生。出现颤抖症状。请任何一位不忙的整骨医生马上前往 R-60 恶化[2]病房。"有一通呼叫让他大为迷惑，它说："这是奥藏方教授对工程师们的一则警告。大约在十五点十五分，一只火蜥蜴会在十一号房间喷火。"最后，他关掉嘈杂的无线电，不安地打起了瞌睡。

他被一声低呼惊醒，坐了起来。那名病人从枕头上抬起了头，他的头来回活动着，就像在找东西，但

---

[1] 双关语，亦有"藏污纳垢之所、污水坑"之意。
[2] 双关语，亦有"退化"之意。

拉纳克还是看不到他黑色眼窝里的眼睛。这人大声说："这儿有人吗？你是谁？"

"我在。我是一名病人，跟你一样。要我叫医生吗？"

"我有多高？"

拉纳克看了看蓝色床罩底下的瘦削身板。他说："很高。"

男人在出汗。他发出一声可怕的尖叫："**多高？**"

"接近六英尺。"

男人躺回枕头上，他的薄嘴唇弯上去，露出一副甜蜜得惊人的笑容。片刻之后，他疲倦地说："而且我没有闪光。"

"你这话是什么意思？"

"我身上没有布满……你知道的，红、白、蓝、绿色的火花。"

"当然没有。要我叫医生吗？"

"不不。我想，这些伙计已经尽力了。"

男人的头颅不再让人联想到死亡。情感把它的轮廓变得柔软，如今它看上去，就像一件大胆采用朴素风格、纪念人类意识的艺术品。薄薄的嘴唇依然弯曲着，露出一个淡淡的微笑。嘴唇分开，说道："是什么把你带到了这里？"

拉纳克想了几个答案，决定还是用最短的那个："龙皮。"

男人似乎没有听见。最后拉纳克问："是什么把你带到了这里？"

男人清了清喉咙。"结缔组织的晶体肥大症。这是医学上的叫法。你我这样的外行管它叫僵直症。"

"颤抖性僵直症？"

"我不颤抖。不过病发的时候，我会休克。"

他似乎陷入了沉思，拉纳克睡着了。然后他被男人的喊声吵醒了："你还在吗？我是不是让你厌烦了？"

"我在。请继续说。"

"你瞧，我热爱人类的形象，我痛恨人们贬低它的做法：为了赢得短暂的优势就过度发展某些部分，为了缓解十分平常的痛苦，就切除另一部分。我仿佛被水蛭给包围了，它们用自己的生命力窃取他人的生命力；被海绵给包围了，它们躲在太多张嘴巴后面；被甲壳动物给包围了，他们拿自己的感觉换取了盔甲。在我看来，像样的人生应该由纪律、努力、冒险和无私组成。于是我参了军。你能告诉我，我还能加入别的什么组织吗？不过尽管敌军后方有五大危险任务，尽管Q39项目启动了，我还是长到了九英尺高，变得像玻璃一样脆。我能施展出绝妙的垂直压力，向上或向下都行，但最轻微的侧面打击也会把我击碎。你要知道，在部队里，我们真的会分崩离析。"

愤怒开始融入他的声音，让他大为疲惫。他气喘吁吁地躺了一会儿，然后他的嘴唇弯了上去，露出令人惊讶的微笑。他说："你能不能猜到，我做了什么？"

"猜不到。"

"我做了一件很不同寻常的事。我没有等到自己支离破碎,把碎片留给深坑去吞噬,而是主动**召唤**了深坑。我请求给一条出路,深坑就来到了我的身边,我用十分端庄得体、充满男子汉气概的方式进入了深坑。"

"我也是。"

有那么一瞬,男人看上去又有些愤慨,然后他小声问:"这间病房里有多少像你我这样的人?"

"只有你和我两个人。"

"那就好。那就好。这说明我们是特例。这样看来,祈求出路的人并不多。多数人在生活中是害怕出路的。你下来的时候,是不是失去了知觉?"

"对,在经过一段时间之后。"

"我几乎马上就失去了知觉。麻烦的是,我还不断地恢复知觉,一而再,再而三。真希望我听取了他们的建议,先把军装脱掉。"

"你是穿着军装下来的!"拉纳克惊恐地喊道。

"对。子弹带、靴子、穗带、铜扣子,一整套。我甚至还带了我的手枪,装在枪套里。"

"为什么?"

"我本打算把它交给这里的指挥官:你知道的,这是一种象征性的姿态。但这里没有指挥官。那把枪在我的右臀那儿开出了一条跟枪身一样的沟,我觉得,这就是我命不久矣的原因。穿军装并不会要了我的命,但左轮手枪不一样。"

"你不会死的!"

"我觉得我会。"

"可是为什么,为什么,为什么我们要忍受那个深坑、黑暗和挤压,既然我们要死,为什么还要努力活出人样?如果你死了,你的痛苦和努力还有什么用处!"

"我的看法不这么悲观。好的人生意味着顶住不断增长的困难,为活出人样而奋斗。很多年轻人明白这一点,他们也努力奋斗了,但几年之后,对他们来说,生活变得容易一些了,他们以为自己已经活出了人样,其实他们只是不再努力了。我就停止了努力,不过我的生活充满艰辛的常规任务,要不是这场病,我是不会发现这一点的。我的整个职业生涯,是对我的人性发起的一场病态而浮夸的打击。明白如今的我只是一个受伤垂死的人,这是一大成就。谁能比垂死的人更高贵呢?"他那无力的声音变成了十分微弱的低语。

"先生!"拉纳克热切地说,"但愿你不会死!"

男人笑了,喃喃地说:"谢谢你,小伙子。"

片刻之后,在他身上看得到的那些部位,汗水突然开始熠熠闪光。他双手抓着被单,坐直身体,用刺耳的命令口吻说:"现在我觉得很冷,心中不乏恐惧!"

灯灭了。拉纳克跳到打磨过的地板上,滑了一跤,摔倒在地,他胡乱爬到男人身旁。窗户透进来某种珍珠白色的光,照在半躺在被褥上的身体上,头和脖子垂在床垫外面，一只胳膊耷拉在地上。一团深色的污渍在绷带上漫延开来，那儿的橡胶管已经扯了出来。拉纳克跑到自己床边，抓起无线电，按下开关。他说："快找芒罗医生！快把芒罗医生给我找来！"

一个细小、清晰的声音说："请问是谁在说话？"

"我叫拉纳克。"

"拉纳克医生？"

"不！不！我是病人，不过有个人快要死了！"

"自然死亡吗？"

"对，快要死了，快要死了！"

他听到那个声音说："请芒罗医生尽快向拉纳克医生报到，有人正在自然死亡，我重复一遍，有人正在自然死亡。"

一分钟后，病房的灯亮了起来。

拉纳克坐在床上，盯着邻床，后者死了，死得毫无遮掩、粗野无礼。他的嘴巴大张着，现在可以明显看出，他的眼窝里没有眼睛。垂在地上那只手的旁边，一小汪液体正从橡胶管的管口洇开。芒罗医生走进房间，步伐轻快地来到床边。他拉起那只手臂，试了试脉搏，把尸体抬到床垫上，然后拧紧吊瓶上的旋塞。他望着坐在床边、身穿白色睡衣的拉纳克，说："你不用盖好被子吗？"

"不。我不用。"

"他跟你说话了吗？"

"说了。"

"他神志清醒吗？"

"是的。你要拿他怎么办？"

"埋葬他。挺奇怪，不是吗。不管有多少死去的怪物，我们都能找到一种实用的用途，不过对人，就只能火化或者掩埋起来。"

"我不明白你在说什么。"

"上床去吧，拉纳克。"

"我想看看窗外。"

"为什么？"

"我觉得自己被封闭起来了。"

"你能走到那儿吗？"

"我当然能走到那儿。"

医生打开床边的衣物柜，取出晨衣和拖鞋，递给拉纳克，拉纳克穿上，走到窗前，他有种在地板上漂移的感觉，但他没有在意。他惊讶地发现，走廊并不比他刚离开的病房长：走廊尽头是一堵左右延伸的白墙，墙上有一扇圆形的门，门上盖着红色的帘幕。拉纳克在百叶窗的百叶板前犹豫不决，直到芒罗医生出现在他的身边，把一只手放在顶端垂落下来的绿色绳索上。他说："我会把百叶窗拉上去，拉纳克，不过首先，我想让你重复某些话。"

"什么话？"

"如果我迷了路，我就闭上眼睛，转过头去。"

"如果我迷了路，我就闭上眼睛，转过头去。"

芒罗拉起了百叶窗。

那是一片在朦胧中移动着的远景,阳光照彻其间。大片雪白的云朵隔开了大片雪白的山峦,银色的天空与波光粼粼的大海贴得很近,很难分清彼此。研究所似乎在向一座峡谷两侧悬崖中间的太阳飘去,他往前看,又往下看,想要看清底下的光景,但是等窗户下面的薄雾变得稀薄、散去,他看到一片深紫色的空间,里面有星辰和一钩弯月。他感到一阵晕眩,于是他重新望向刚才的太阳,寻求安心,因为尽管因雾气变得有些曚昽,太阳仍然在整个场景的中央坚定地照耀着,照亮整个场景,将它们联结在一起。但现在,他心想,太阳会不会远在头顶上方,这个只是它映在海里的倒影,又或许太阳在自己身后,他看到的是它映在前方群山里的一座冰川上的倒影。现在除了阳光、乳白色的云彩、从云层中探出来的一座山峰,什么都看不到了。一条条河流像银色的丝线,注入较矮山坡上的道道沟壑,瀑布的白色线条从悬崖顶端落入云中。他看到,这座山峰并不是简单的圆锥体,而是一簇尖顶,一个个尖顶之间是一座座山谷。一座山谷布满湖泊和草场,另一座长满林木,表面凹凸不平,穿过第三座山谷,是一片金绿色的大海,夕阳正在沉落。观看变得有如飞翔。他抬眼望向地平线,不过在每一片海洋或平原的水平线上,覆盖着岛屿、山脉、暴风云、城市,还有落下或升起的太阳。他盯着一座小山上迎来一束晨曦的村庄,试图摆脱这种视角的后撤。一朵云从头顶飘过，他只是通过窗户和屋顶的闪光，才看到了那个村子，随后闪光发生了变化，像雪花一样横着飘飞出去，变成了银蓝色的。它们环绕着，就像海鸥盘旋在汽船上空，然后它们改变了颜色，变成黑色的污点，在闪烁的红光中环绕着，就像飞机盘旋在遭受轰炸的城市上空。于是拉纳克用一只手捂住双眼，转过身去，冷静地返回病房。

邻床的尸体裹在毛毯里，被一名男护士用担架运走了。拉纳克把拖鞋和晨衣放进衣物柜，爬上床，把被褥拉到下巴。芒罗医生已经放下百叶窗，来到逝者床边的衣物柜跟前。他取出一把手枪，站在那儿若有所思地端详着它。他说："你知道吗，这就是他的死因。他是带着枪下来的。"

"对，他跟我说过。"

"不过他是头先进来的，能做到这一点的人不多。"

"这家研究所在哪儿？"

"我们占据着一套位于山下的地道系统，山上有好几座山峰，峰顶有好几座城市。我相信，你就是从这些城市当中的一座过来的。"

"在山底下？"

"对。那个屏幕并不是窗户。它显示的是架在一座山峰上的反射望远镜捕捉到的画面。这间病房之所以有一个屏幕，是因为像你这样的病人有时会有封闭的感觉。要是我把刚才的风景展示给别的病人，他们就会像钟表发条一样蜷缩起来。"

"我们在多深的地方?"

"我不知道。我是医生,不是地理学家。"

拉纳克接收到的信息,超出了他在清醒状态下所能理解的数量。他睡着了。

第8章　医生们

次日早上，他醒来后，感到既疲倦又难受，但护士们送来一份没什么滋味的煎蛋卷，恢复了他的活力。她们在床边的一把椅子上放下一些衣服，它们跟那些食物有着同样柔和的光洁表面：内衣、袜子、衬衫、黑裤子、一件套头衫和一件白大褂。她们说："你今天就要加入我们了，浓眉毛。"

"你们这话是什么意思？"

"你现在是医生了。希望你不会欺负我们这些可怜的护士。"

"我不是医生！"

"哦，别否认啦！那些一上来就否认的人，总是把我们欺负得最惨。"

她们离开之后，拉纳克起床穿衣，只是没穿那件白大褂。他在床下找到了类似山羊皮材质的鞋子。他穿上鞋，走进走廊，拉起百叶窗，看到一根白色的旗杆竖在一片温暖、阳光普照的梯田中央，梯田里栽种着平齐的禾苗。孩子们在周围跑来跑去，玩着毫无秩序可言的球类游戏，远处有两个大一点的男孩坐在长凳上，凝望着一座巨大的山谷，山谷底部布满屋顶，一根根烟囱像是长在屋顶上的毛刺。右边，一条河从田野和矿渣堆中蜿蜒穿过，然后城市遮住了它，但整个过程里，最显眼的是一些骸骨般的起重机，它们在向左侧列队行进。城市另一侧是一片狭长的荒地，呈现出石楠般的绿色，被河道冲出条条褶皱，出现在荒地后面的山峰看上去就像一排坏牙。这番景致让拉纳克心里充满意想不到的愉悦，他的眼里蒙上了湿气。他回去躺在床上，琢磨着为什么会这样。

"不管怎样，"他暗自思忖，"我要到那儿去。"

芒罗从一扇拱门走了过来，拉纳克坐起身，面对着他说："在你开口之前，我想向你保证，我是不会当医生的。"

"我明白了。你打算怎么度过留在这儿的这段时间？"

"我不想留下。我想离开。"

芒罗突然涨红了脸，他指着窗户。窗外，灰色的波涛在巨大的悬崖边起起伏伏，山顶笼罩在薄雾之中。

"行，走吧！走吧！"他用克制的声音说，"我会带你去应急出口。它会让你从山脚出去，然后，你可以自己找路，走遍天下。人们习惯了这样寻找家园，他们离开安全的绿洲或者熟悉的岩洞，穿过莽原，在陌生的土地上安家落户。当然，这些人知道的事，你不知道。他们会栽种庄稼、捕杀动物、忍受足以让你丧失理智的痛苦。不过你能读能写，还会辩论，如果你本事够大，你还能找到欣赏这些的人，只要他们使用同样的语言。"

"但一分钟之前，我看到外面有个适宜居住的城市！"

"你从未听说，光走得多快，走得多远吗？还有质量如何令它弯曲，表面如何将它反射，大气如何将它折射？你看到一座城市，就以为它存在于未来，只要走一个小时、一天或一年，就能抵达，但存在是螺旋状的，那座城市说不定在几个世纪之后。万一它存在于过去呢？历史上不乏看到城市就动身前往的人，结果他们发现那些城市缩小成了村落，或者早在几百年前已经沦为废墟，或者根本尚未建造。最后一种还是最幸运的情况。"

"但我认识那座城市！我去过那里！"

"啊，那它存在于过去。现在你永远也找不到它。"

拉纳克痛苦地看着地面。刚才的景色让他对优雅、阳光普照的生活充满幻想。他说："难道我从这里出发，到不了什么文明的地方吗？"

芒罗恢复了官吏式的冷静，在床边坐了下来。"有那么几个地方。不过你没有同伴，他们是不会接纳你的。"

"为什么？"

"卫生法规。要是人们无人陪伴,单独离开,过不了多久,他们就会旧病复发。"

"我是唯一一个恢复健康之后想要离开的人吗?"

"有个女医生痛恨自己的工作,她愿意跟任何人一起离开,不过你得当心。跟人一起进入另一个世界,就像某种婚礼,而这个女人不管去哪个世界,都会心生痛恨。"

拉纳克呻吟着说:"我能做什么呢,芒罗医生?"

芒罗高兴地说:"这是你问的第一个合情合理的问题,拉纳克,所以别担心,听我说。你可以在三类人里寻找同伴:医生、护士和病人。想走的医生并不多,不过他们要是想走,你是跟同事为伴。护士离开得多一些,她们会跟完全信得过的男人一起走,医生的优势众所周知。不过最多的一类人是病人,你只有治疗他们,才会认识他们。"

"我没有治疗任何人的资质。"

"你不是差点变成一头龙吗?你不是康复了吗?要治一种病,唯一的资质就是患过这种病又康复过来,而现在有十七名病人正在好斗的盔甲底下一天天垮掉,没有一个理智的人去照顾他们。别怕!凡是跟你的问题类型不同的病人,你都不用看。"

他们默不作声地坐着,最后拉纳克站起身,穿上了白大褂。芒罗笑着掏出一个医院里的无线电装置,说:"这是你的。你知道怎么用它联络,所以我让你看看,它怎么联络你。"

他打开开关,对着网孔说:"请在十秒钟之后,给拉纳克医生发一个信号。没有留言,所以不用重复了。"

他把无线电塞进拉纳克兜里。片刻之后,兜里响起两声洪亮的和弦:"噗玲噗珑"。

"当你听到这个,说明你的病人情况危急,或者有一名同事需要帮助。如果你本人需要帮助,或者在走廊里迷了路,或者需要催眠曲哄你入睡,那就告诉接线员,你会联络到一个合适的人。现在带上你的书,我们去你的新宿舍。"拉纳克有些犹豫。他说:"它有窗吗?"

"据我所知,这是唯一一间有那种观景屏的房间。"

"那我宁愿在这儿睡,芒罗医生。"

芒罗轻轻叹了口气。"医生通常不会睡在病房里,不过毫无疑问,这间病房是最小的,极少用到。好吧,不用带书了。我带你看看研究所的规模,然后我们去拜访奥藏方,你的部门主管。"

他们穿过一道拱门,来到一个圆形的门口。带褶的红色塑料门帘从中间分开,等他们过去之后,又重新合拢。

研究所的走廊跟它们连接的房间大不一样。拉纳克跟着芒罗钻进一条低矮、弯曲的地道,阵阵热风推着他的后背,喧嚣的话语声、脚步声、"噗玲噗珑"的铃声和富有节奏的轰鸣声,让他的耳朵陷入了麻木。地道有六英尺高,截面是圆形的,底部是平坦的走道,宽度仅够一个带轮的担架通过。光线反复变亮和变暗,晃得人眼疼,每吹来一阵暖风,刺目的金色亮光就会从墙上掠过,然后伴着寒意的袭来,光线褪色成阴暗的橙光。这条隧道斜着穿入另一条隧道,宽度变大了一倍,然后穿入另一条隧道,宽度又变大一倍。噪声、亮光和风力都变大了。拉纳克和芒罗走得很快,但推着手推车和担架的医生、护士们不断从两侧追上他们,嗖嗖地超过他们。没有人逆风而行。拉纳克有点费力地来到芒罗身旁,问起这一点,不过尽管他喊得很响,但他的声音落到自己耳中,像是远处传来的吱吱声,答话根本听不到;但在轰鸣声、响铃声中,他能听到一些清晰的只言片语,说话的人并不在近旁:

"……是把自己烤熟后吃掉的派……"

"……是无部分之物……"

"……是对最杰出作品的研究……"

"……一项需要耐心的精密运动……"

他们走进一间宽敞的大厅,各种声音都淹没在反复高低起伏的轰鸣中,就像橄榄球场里如潮的欢呼声。从四面八方的隧道涌现出来的人们进入这片圆形的场地,又穿过隧道入口之间的那些方形门洞,消失了。在穿着白大褂的医生和护士当中,拉纳克还看到一些穿着绿色防尘服、棕色工作服、蓝色制服、深灰色西装的人。他往上看去,结果因为眼花缭乱而立足不稳。

他看到的是一条巨大的竖直通风管道，金色和橙色的光环不断沿着墙壁向上流去，光环不断缩小，一圈圈交叠的形状有如标靶。芒罗抓住他的胳膊，领他走向一扇门，门打开后，又在他们身后关上了。

他们在一部电梯里，那种沉静的氛围就像一间小病房。芒罗仰望着天花板中间的一片圆形网孔，说："请去洗涤池。任何一个入口。"

响起微弱的嗡嗡声，但感觉不出在动。芒罗说：

"我们的走廊有把声音打乱的效果。你刚才问我问题了？"

"为什么人们都往一个方向走？"

"每个病房都有两条走廊，一条进一条出。这样空气才能循环流通，也就不会有人逆着气流走了。"

"刚才那个大厅里的是什么人？"

"像你我这样的医生。"

"但医生只占了极少数。"

"你这样想吗？我觉得，有这个可能。我们需要工程师、文员、药剂师，管理照明、合成食物，等等，不过我们只能在大厅里看到他们，他们有他们的专用走廊。他们是一批怪人。他们当中的每一个，哪怕是水管工和无线电接线员，都觉得他们自己的职业就是研究所的主业，别人的存在都是为他们服务的。我想，这会让他们的工作看上去更有价值，不过假如他们认真思索一番，就会发现研究所是靠净化吸入物为生。"

"净化吸入物？"

"医治病人。"

电梯门打开了，拉纳克被刺鼻的恶臭熏到了，他第一次闻到这种臭味，是格鲁皮在黑暗中消失那一次。芒罗穿过一个平台，来到栏杆跟前，手扶栏杆站定，向下望去。平台沿着一定的弧度，向左右两侧延伸出很远，仿佛圈出一块巨大的盆地，不过尽管黑色天花板上的探照灯朝盆地投去倾斜的光柱，拉纳克还是看不到另一边的光景。从上方的高处传来低沉的巨响，就像在用罕见的低速播放一张舞曲唱片，从栏杆外面的深处传来大量滑行的嘶嘶声。拉纳克站在电梯门口，用颤抖的声音说："我们来这儿干吗？"芒罗看了看四周。

"这是我们最大的恶化病房。我们把那些毫无希望的软体病人留在这里。他们可快活了。过来看看吧。"

"你说过，凡是跟我的问题类型不同的病人，我都不用看！"

"问题是有不同的类型，但它们都是由同样的错误导致。过来看看吧。"

"要是我往栏杆外面看了，我想我会吐的。"芒罗盯着他看了一会儿，然后耸耸肩，回到电梯里。他对网孔说："奥藏方教授。"门关上了，空气发出轻柔的嗡嗡声。芒罗把双手抄在袖口里，倚着电梯壁。他冲着自己的鞋子皱了会儿眉头，然后抬起头，用突然变愉快的口吻说："告诉我，拉纳克医生，你对大屏幕上广阔的风景的热爱，跟你对人类问题的厌恶，这两者之间有什么联系吗？"

拉纳克什么也没说。

门开了，他们走进另一个轰鸣不止、没有天花板的宽敞大厅。一阵阵声音和明亮的空气从上方倾泻下来，连同走出周围电梯的人群，分流到周围的地道里面。芒罗在前领路，来到一条地道前，入口旁边的墙上列着不少名字：

麦克亚当	麦基弗	麦奎特	麦克惠姆
麦凯格	麦基恩	麦克谢伊	默里
麦克沃伊	麦克马思	麦库西	诺克斯
麦吉尔	麦克瓦雷	麦克维尔	奥藏方

他们沿着地道快速前行，在喧嚣声中，听到一些没有实体的声音在交谈：

"……乐意看到天空中的亮光……"

"……画框在墙上闪闪发亮……"

"……你得有文凭……"

"……阿拉伯半岛的骆驼……"

"……毁灭性的甜蜜……"

他们来到一个地方，这里的名字一半印在一堵墙上，另一半印在另一堵墙上，隧道在这里分岔，变细了。之后，隧道又分叉变细了三次，他们这才走进一条没有分岔、低矮的隧道，隧道口标记着奥藏方的名字。隧道尽头那块富有光泽的红色帘幕掀开后，露出一层沉甸甸的褐色布料。芒罗把布料拽到一边，他们走进一间又大又高的房间。用红、绿、金线编织的挂毯挂在精美的檐板上，垂落到黑白格的大理石地面上。年代久远的凳子、椅子和沙发杂乱无章地摆放着，琉特琴和小提琴之类的弦乐器散放在座椅中间。一架大钢琴摆在角落里，旁边是一台笨重的老式X光机，拉纳克从后面看到，房间正中有个穿黑裤子、黑马甲的人伏在一条木匠长凳上，正在用砂纸打磨一把半成型的吉他外缘。这个人站起身，朝他们转过身来，一边笑着，一边用一条图案绚丽的丝绸手帕擦了擦手。这是个身材矮胖的青年，留着三角形的金色小胡子。他的袖子卷到了胳膊肘往上老高的位置，露出了粗壮有力、毛茸茸的前臂，但他的衣领和领带十分整洁，马甲没有皱褶，裤褶得体，鞋子擦得锃亮。他走上前来，说："啊，芒罗，你领来了我的新助手。你们俩都坐，陪我聊聊。"芒罗说："恐怕我得走了。拉纳克医生已经厌倦了我的陪同，而且我还有工作要做。"

"别，我的朋友，你一定多待几分钟！有个病人就要变成火蜥蜴了，这一向是教人叹为观止的大场面。坐吧，我让你们见识一下。"

他朝一个长沙发做了个手势，面朝他们站着，用手帕拍了拍前额。他说:"告诉我,拉纳克,你会用什么乐器?"

"不会。"

"你爱好音乐吧?"

"不爱好。"

"或许你了解拉格泰姆、爵士乐、布吉乌吉、摇滚乐?"

"不了解。"

奥藏方叹了口气。"我就担心是这样。没事,跟病人沟通,还有别的办法。我给你看一个病人。"

他走向距离最近的挂毯,把它拽到一边,露出后面墙上的圆形玻璃屏幕。屏幕底下挂着一个细长的麦克风。他拽着麦克风来到长沙发那儿,麦克风后面拖着一根细细的电线,他坐下之后,说:"我是奥藏方。给我看十二号房间。"

天花板上的霓虹灯熄灭了,一幅模糊的画面在屏幕里亮了起来,好像有位穿着中世纪盔甲的骑士躺在一块墓碑上。画面变得清晰起来,更像是一只史前蜥蜴趴在一张钢制的桌子上。他的皮是黑色的,疙疙瘩瘩的关节部位有粉色和紫色的硬刺,一丛紫色的刺盖住了生殖器,后背上的两排尖刺把身体撑到了离桌面约九英寸高的位置。头部没有脖子和下巴,从锁骨部位生长出来,样子就像大杜鹃大张着的鸟嘴。面部没有其他真正的特征,但有两个空洞的圆球探在外面,像是对眼球的拙劣模仿。芒罗说:"嘴张开了。"

奥藏方说:"对,不过它上方的空气还在震颤。很快,嘴巴就会闭上,到那时候,砰!"

"他是什么时候过来的?"

"九个月九天二十二小时之前。他来的时候,样子跟你看到的差不多,除了双手、喉咙和胸骨乳突,没有什么人类特征。他好像喜欢爵士乐,因为他抓着残破的萨克斯管,不肯撒手,于是我说:'他爱好音乐,我亲自治疗他。'不幸的是,我对爵士乐一无所知。我给他试过德彪西(对这类病例,他的作品有时管用),后来又试了十九世纪的浪漫派作品。我用瓦格纳轰击他,用勃拉姆斯淹没他,用门德尔松取悦他。结果:没用。绝望之下,我一退再退,最后谁的作品起作用了?斯卡拉蒂。我每次演奏《送葬队列》时,他的人体部位就会变成粉红色,变得像婴儿的屁股一样柔软。"

奥藏方闭上眼睛,用指尖轻轻拂过天花板。"嗯,情况一直是这样,直到六小时前,他用五分钟,彻底变成了龙。也许我没有把古钢琴弹好?在这座可怜的研究所里,还有什么人能尝试呢?"

芒罗说:"你觉得他变成粉红色是出于高兴。也说不定是气的。也许他不喜欢斯卡拉蒂。你应该问一问的。"

"我不相信语言疗法。词语是谎言和遁词的语言。音乐不会说谎。音乐向心灵倾诉。"

拉纳克焦急地走来走去。在屏幕光亮的映照下，奥藏方的嘴巴固定成一副看似呆板的笑模样，但眉毛一直活动着，表现出夸张的表情：沉思、惊讶或悲哀。奥藏方说："拉纳克厌倦了这些技术性问题。我让他看看更多病人。"

他对着麦克风吩咐了几句，一连串钢桌上的龙出现在屏幕上。有些表皮光滑，有些长着乌龟般的背甲，有些长着鱼和鳄鱼那样的鳞。多数长着翻羽、刺毛或尖刺，有些长着巨大的犄角和角枝，但全都因为某个细节显得畸形：从龙甲里探出来的人脚、人耳或乳房。一名医生坐在一张桌子旁边，研究着一副搁在龙腹上的棋盘。

奥藏方说："这是麦克惠姆，他也不爱好音乐。他治疗的是冷冰冰的理性病例，他教他们下象棋，玩冗长乏味的游戏。他认为，如果有谁能战胜他，他们的盔甲就会脱落，但目前为止，对他们来说，他太聪明了。你玩游戏吗，拉纳克？"

"不玩。"

在另一个房间里，一位瘦削的神父露出极为痛苦的眼神坐在那儿，耳朵贴在一头龙的嘴上。

"那是诺克斯蒙席[1]，我们唯一的信念治疗师。以前，我们有很多信念治疗师：路德宗信徒、犹太教徒、无神论者、穆斯林，还有一些名字，我想不起来了。如

1　蒙席（Monsignor），罗马天主教神职人员因对教会有杰出贡献而领受的荣誉称号。

今，所有油盐不进的宗教病例都得由可怜的诺克斯治疗。幸运的是，这类病例已经为数不多了。"

"他看起来很不开心。"

"对，他把自己的工作看得太严肃了。他是罗马天主教徒，他只治好过贵格会信徒和圣公会信徒。你有宗教信仰吗，拉纳克？"

"没有。"

"当医生和病人有共同点的时候，你就容易找到治疗方案。你怎么形容自己呢？"

"我做不到。"

奥藏方笑了。"你当然做不到！是我问得太傻。柠檬品尝不到苦涩，它只是汲取雨水。芒罗，向我形容一下拉纳克。"

"倔强而多疑，"芒罗说，"他有较高的智力，却把它限定在狭隘的范围里。"

"好。我有一名适合他的病人。同样倔强，同样多疑，聪明伶俐，却只是强化了深深的、深不可测的绝望。"

奥藏方对着麦克风说："显示一号房间，让我们从上方看看病人。"

一头闪着微光的银龙出现在一对收拢的黄铜色翅膀中间。一只粗短的胳膊，头上是七个黄铜色的爪子，生在一只翅膀旁边，另一只细长柔软的人类手臂生在另一只翅膀旁边。"你看到翅膀了吗？只有特别绝望的病例才会生出翅膀，但他们没法使用。不过，这个病例的绝望里，蕴含着如此莽撞的能量，这股能量正是我有时在心中期盼的。她不爱好音乐，不过我身为乐手，屈尊使用语言疗法，像一名粗俗的批评家那样跟她搭话，结果她令我大为恼火，我决定把她交给催化师。不过我们还是把她交给拉纳克吧。"

无线电响起"噗玲噗珑"的声音。奥藏方从背心衣兜里掏出一台，打开了开关。一个声音通报说，十二号的病人正在变成火蜥蜴。

奥藏方对麦克风说："快！十二号房间。"

龙嘴里冒出的白色蒸汽蒸腾着，旋绕着，把十二号房间弄得模糊不清，突然，龙嘴啪地合上了。他脑袋上的那些圆丘辐射出道道光柱，那道身影似乎在痛苦地挣扎着。奥藏方喊道："请屏蔽掉光！我们只用热量观测。"

突如其来的黑暗让拉纳克被照花的眼睛冒出了星星和圆圈，过了片刻才调整过来。他能听到芒罗在一侧急促而干燥的呼吸声，奥藏方在另一侧用嘴巴呼吸着。他说："发生什么事了？"

奥藏方说："从他所有的器官倾泻出灿烂的光——会把我们的眼睛照瞎。很快，你就能通过他的热量看到他了。"过了一会儿，拉纳克惊讶地发觉，奥藏方在对着自己的耳朵低语。

"身体产生的热量很容易穿透身体，从毛孔、阴茎、肛门、眼睛、嘴唇、四肢和指尖满溢出来，这既是慷慨之举，也是自我保护。但许多人畏惧寒冷，试图留住比自身散发的更多的热量,他们阻止了热量从器官或肢体流失,被阻止的热量把身体表面锻造成了坚硬、绝缘的盔甲。你身上哪部分变成过龙?"

"一边的手和手臂。"

"你有没有用那只好手触摸过它们?"

"摸过。它们是凉的。"

"正是如此。没有热量释放出来。但也没有热量进入!而由于人对他们吸收的热量,比他们产生的热量感受更深,所以盔甲会让剩余的人体部位感觉更冷。那他们会把盔甲剥掉吗?很少。就像在不义的战争中打输的国家,本应投降或撤退,他们却把自身不断转化成盔甲。所以某人刚开始的时候,将转化只限定于他的感情、欲望或才智,但到最后,他的心脏、生殖器、大脑、双手和皮肤都长满了硬皮。除了说话和吃饭,通过一个孔进食和排泄,他什么都不做,然后嘴巴闭上了,热量没有了出口,在他体内越积越多,直到……看吧,你会看到的。"他们置身其间的黑暗,仿佛一个浓密的整体,但一条弯曲的猩红色光线出现了。这条红线的两端都抖动着变粗,最后它勾勒出一条龙竖立的身形,它双腿叉开,双臂张开,双手刺入黑暗之中,大脑袋摆来摆去。拉纳克有种奇怪的感觉,这头野兽仿佛就在屋里,就站在自己面前。除了黑暗,没有什么能跟它相提并论,它看上去很大。它的种种姿势或许是痛苦导致,但它们看上去充满威胁、耀武扬威。黑色的脑袋里冒出两颗星星,那儿应该是眼球所在的位置，然后整个身体布满了白色和金色的星星。拉纳克感到，这个哥特式的巨大形体仿佛耸立在数里开外的高空，如同一片人形的银河。然后这个形体变成一个金色的污点，污点膨胀成一个令人目盲的球体。爆裂般的雷霆声随之响起，一时间，屋里变得很热。地板鼓了起来，灯纷纷亮起。

又过了一会儿，才能看清东西。雷霆声结束了，但整间公寓里的乐器都在发出嘈杂和散乱的共鸣。拉纳克注意到，芒罗还坐在自己身旁。他额头沁出了汗水，正用手帕勤奋地擦拭着自己的眼镜。空白的屏幕上出现了贯通两侧的裂纹，但麦克风完好无损地挂在下面。奥藏方站得远远的，端详着一把小提琴。"看！"他喊道，"A 弦断了。还有人断言，斯特拉迪瓦里[1]做的小提琴没有灵魂呢。"

芒罗说："我不是评判火蜥蜴的行家，不过这股震动似乎异常强烈。"

"的确如此。刚才的小爆炸，热量超过一亿千卡。"

"不可能！"

"错不了。我来证明一下。"

奥藏方掏出无线电说："奥藏方呼叫约翰逊工程师……约翰逊，你好，你接收到我们的火蜥蜴了，他释放的热量有多少？……哦，我明白了。不管怎么说，他

---

[1] 安东尼奥·斯特拉迪瓦里（Antonio Stradivari，1644—1737），意大利提琴制作师。

把我的观测镜头震碎了,所以请尽快更换。"

奥藏方装好无线电,轻松愉快地说:"不到一亿千卡,不过够用一两个月了。"他弯下腰,拾起刚才歪倒的竖琴。拉纳克尖声说:"那股热量被利用了?"

"当然。我们总得设法取暖。"

"这未免太过分了!"

"为什么?"

拉纳克结巴起来,然后他强迫自己说得慢一些:"我知道,人们的情况正在恶化。这令人沮丧,但并不让人惊讶。但快活、健康的人从中渔利,这未免太过分了!"

"那你想怎么样呢?让世界底下有个污水坑,让那些无助的堕落者永远坠入其中,自行腐烂?这可是非常古老的世界模型。"

"而且也是差劲的内务管理,"芒罗说着,站了起来,"如果我们不能利用好我们的失败,我们就谁也治不好。现在我必须走了。拉纳克,你的部门和我的部门有各自的员工俱乐部,不过如果你离开研究所,我们还会再见面的。现在奥藏方教授是你的顾问了,所以祝你好运,还有,尽量不要使用暴力。"

拉纳克很想知道,最后一句话是不是开玩笑,他死死盯着芒罗冷静而和善的面孔,任由自己的手抖得厉害,仍然一言不发。奥藏方喃喃地说:"很不错的建议。"

他掀开盖在一扇门上的布帘,芒罗从那扇门离开了。

奥藏方回到房间正中,窃笑着,搓了搓手。他说:"你注意到他额头的汗水了吗?他不喜欢他看到的东西,他是个僵硬分子,拉纳克。他对我们这种疾病没有共鸣。"

"什么是僵硬分子?"

"用自己的热量讨价还价的人。僵硬分子不把热量保存在体内,他们把它交出去,但只是用来换取新鲜的补给品。他们是非常可靠的人,当他们恶化的时候,会崩解成水晶,那是制作通信电路的必需品,但你我恶化的时候,情况就不一样了。所以爆炸的火蜥蜴让我们感到喜悦。我们发自肺腑地感到,这种报应是理所应当的。你也感到喜悦,不是吗?"

"我感到兴奋,现在后悔了。"

"你的后悔没有用处。或许你现在愿意见见你的病人了。"

奥藏方拎起另一张挂毯的一角,露出一扇低矮的圆门,说:"从这儿过去就是她的房间。"

"可我要怎么做呢?"

"既然你只能谈话,那你必须谈话。"

"谈什么?"

"我说不上来。好医生并不是把治疗方法带给病人,而是让病人教导他,治疗方法应该是什么。我今天把一个人变成了火蜥蜴,是因为我对我的疗法的理解,胜过我的病人。我总是犯这种错误，因为我知道自己很聪明。你知道你一无所知，这应该是你的优势。"

拉纳克双手抄兜站着，咬着下嘴唇，用一只脚拍打着地板。奥藏方说："要是你不去她那儿，我肯定要派催化师过去。"

"什么是催化师？"

"相当重要的专家，在其他治疗宣告失败的时候，由他来接手毫无进展的病例。催化师能促使病情快速恶化。你为什么不愿意？"

"因为我害怕！"拉纳克情绪激昂地喊道，"你想让我掺和到别人的绝望里去，而我痛恨绝望！我想要自由，自由就是能够摆脱别人！"奥藏方笑着点点头。他说："一种非常龙化的感受！可你已经不是龙了。是时候学会一种不同的感受了。"

过了一会儿，笑容从奥藏方脸上消失了，只剩惊人的冷漠。他松开挂毯，走向木匠的长凳，拾起一把钢丝锯。

他尖刻地说："你觉得我在逼你，你不喜欢。随你怎么做吧。不过因为我还有工作要做，要是你不再浪费我的时间，我会很高兴的。"

他弯腰伏向吉他。拉纳克泄气地盯着挂毯的一角。挂毯上描绘着一个仪态高贵、标有"Correctio Conversio"[1]字样的女人，站在一个头戴王冠、躺成大

---

1 拉丁语，意为"正确转变"。

字形、标有"Tarquinius"[1]字样的青年男子身上。最后他拨开挂毯,穿过门洞,沿着那条走廊往前走去。

---

[1] 古罗马皇帝塔奎尼乌斯·普里斯库斯(Lucius Tarquinius Priscus)和塔奎尼乌斯·苏佩布斯(Lucius Tarquinius Superbus)的名字。

第9章 龙

拉纳克个子并不高,但他不得不弯下膝盖和脖子,才能舒舒服服地穿过走廊。在这里,明暗冷暖的对比不那么强烈,那些话语声就像贝壳里的低语:"丁香和金链花……大理石和蜂蜜……手法就是分裂……"

走廊尽头是一块钢铁材质的墙面,正中有一片网孔。

他闷闷不乐地说:"请打开。我叫拉纳克。"

门说:"拉纳克医生?"

"对,对,拉纳克医生。"

挂在铰链上的一片圆形区域,向着内侧旋开。他爬了过去,抬起头来,结果头撞到了天花板上,他在桌子旁边的矮凳上猛地坐了下来。门悄无声息地关闭,墙上没有留下任何痕迹。

有一分多钟的时间,他坐在那里,咬啮着拇指指节,努力不让自己喊出"放我出去"这样的话,因为看观测镜头的时候,他并没做好迎接这一幕的心理准备:房间逼仄狭小,怪物如此巨大。桌面高出地面几英寸。而病人从银色头顶的羽冠,到银色双脚上青铜色的蹄子,差不多有八英尺长。房间是个完美的半球形,直径九英尺,高度是直径的一半,尽管他把肩膀顶在弧形的天花板上,但他还是被迫俯向闪着微光的龙腹,龙腹透出的凉气扑面而来。乳白色的地板与墙壁散发着柔和的光,屋里没有阴影。拉纳克觉得,自己仿佛蜷缩在北极的一间小小的圆顶冰屋里,只是这里的温暖来自墙壁,而寒意来自同伴的身体。那只人类手臂末端的手在攥紧、松开,这让他感到些许安慰,他喜欢龙身体两侧折叠起来的翅膀,每一根长长的青铜色羽毛尖端,都有着绚烂的色彩,就像烧热的铜。他俯下身子,查看张开的龙嘴,龙嘴喷出一股令人愉悦的热气,喷到他的脸上,但他只能看到一片乌黑。一个声音说:"这次你带了什么?风笛?"

这句问话有种空洞、冷淡的调子,就像一台过于笨拙的机器转述的话,而这台机器无法体会普通谈话的美妙,但他好像认得贯穿其中的那种凶猛能量。

"我不是乐手。我叫拉纳克。"

"你对病人玩哪些肮脏的把戏呢?"

"有人让我来跟你谈谈。我不知道该说什么好。"

他不再害怕,用胳膊肘抵着膝盖坐着,用双手托着脑袋。过了一会儿,他清了清喉咙,说:"我想,交谈是一种攻击与防守的方式,但我不需要防守自己。

我也不打算攻击你。"

"你可真好!"

"你是丽玛吗?"

"我受够名字了。名字不外是男人戴在你脖子上的项圈,好把你拽到他们喜欢的地方。"

他又一次想不出话来回答。远处隐约传来的沉闷声响占据了寂静,然后那个声音说:"谁是丽玛?"

"我以前喜欢的一个姑娘。她也试过喜欢我,多多少少。"

"那她不是我。"

"你有漂亮的翅膀。"

"我真希望它们是尖刺,那我就不用跟你这样的浑蛋进行低级的谈话了。"

"你为什么这么说?"

"你别装作跟别人不一样。你的手段是不一样,但你也会伤害我。我在这个冰冷的棺材里,孤立无援,所以你干吗不开始呢?"

"奥藏方没有伤害你。"

"你觉得这些噪声会让我开心吗?芭蕾舞音乐!女人在月光下像天鹅和云朵那样飞翔、飘浮;女人像火焰跳离蜡烛那样,从男人手中跳开;女人鄙视沙皇和皇帝等人组成的华而不实的观众。没错,那个骗子开口了,他没有给我留下什么可以想象的东西。他说**我**本可以实现这一切的。'敞开心扉,接受我的音乐,'他说,'动情地哭泣吧。'他无法触碰我的皮肤,所以他踩躏我的耳朵,就像你一样。"

"我没踩躏你的耳朵。"

"那为什么大喊大叫?"

"我没喊啊!"

"不要歇斯底里。"

"我不歇斯底里。"

"你当然也不冷静。"

拉纳克吼道:"我怎么冷静,当……"狭小的屋顶反射回来的回音震耳欲聋。他叉起胳膊,颇为不快地等待着。这阵喧嚣声消散了,变成了微弱的嗡鸣声,其中或许(他也不能肯定)还夹杂着一阵笑声的回音。最后他小声说:"我应该离开吗?"

她咕哝了一句什么。

"我没听清你的话。"

"你可以告诉我,你是谁。"

"我身高五英尺半多一些,体重十英石左右。我的眼睛是褐色的,黑发,血型我想不起来了。我以前二十来岁,但现在三十来岁了。以前我被人说成甲壳动物,太过严肃,但最近一个可靠的人说我狡猾、顽固、颇有才智。我以前是作家,现在是医生,但这些都是别人建议我做的,不是我想要的。我从未长久向往过什么。除了自由。"

响起一阵金属敲击般的笑声。拉纳克说:"对,这是个好笑的字眼。我们都被迫采用对别人毫无意义的方式来给自由下定义。不过对我来说,自由是……"

他想了一会儿。

"……在一座依山或傍海的城市里生活，平均日照时间要有半天之久。我的住处要有客厅、大厨房、浴室，每名家人都有一间卧室，我的工作要能占据全部心神，在做这项工作的时候，既不会发现，也不会在意自己是悲是喜。或许我可以当高级职员，确保重要的服务正常运行。或者当一名住房和道路的设计师，为我定居的城市工作。等我老了，我就在岛上或山里买一栋小别墅——"

"恶心！恶心！恶心！恶心！"那个声音用低沉的愤怒腔调说，"那帮恶心的浑蛋给我安排了一个害人精当医生！"

血液在拉纳克的耳鼓里轰轰作响，他的头皮感到阵阵刺痛。一股恐惧传遍他的全身，他挣扎着站起身，然后在一股愤怒的作用下，他又坐了下来，往前伏低身子，小声说："如果你不欣赏我的善行，你就无权鄙视我的恶行。"

"那你跟我说说，这些善行多吗？它们美好吗？"

他喊道："拉纳克医生准备离开！"

房间另一侧的一块圆形嵌板打开了。他小心迈过龙的身体，一边一只脚停在那儿，他的肩膀顶在圆形屋顶的顶点。

"再见！"他用故作残忍的语气说，那份残忍让他感到惊讶。他看了一会儿下面那只攥紧又松开的手，好言好语地问："你很疼吗？"

"我快冻死了。我知道你会走的。"

"交谈没有用。我说什么才不会让你动怒呢?"

过了一会儿,她用他勉强能听到的声音说:"你可以给我念书。"

"那好吧。下次我带书过来。"

"你不会再来了。"

拉纳克爬出那个开口,钻进一条能站直身子的隧道。他俯下身子,冲着房间里高兴地说:"我会让你惊讶的。我会回来得比你想的还快。"他转过身去,嵌板关闭了。

在走廊尽头,一道红色帘幕从中分开,把他让进一段过道,过道一端是一扇大窗,另一端是一排拱门。透过那些拱门,他认出了自己病房里的那五张床,他有种回家的感觉。自从他来到这里,银龙竟然一直离他这样近,这让他感到不可思议。他来到衣物柜旁边,拾起那些书,匆匆返回帘幕那儿。在帘幕另一侧,只要用手指一碰,它就会从中滑开,他知道它是一张像纸一样薄的薄膜,没有什么锁定装置,但他无法打开。尽管他往后站,用肩膀撞了它好几次,它却只是颤抖着,发出打鼓般的咚咚声。正当他想发脾气,把它踹开的时候,他注意到了窗户那边的景色。他俯视着一条静谧的街道,街上蒙着一层严霜,远处那一侧有一栋三层高的红色砂岩廉租公寓。初升的朝阳将清洁的窗户照得闪闪发亮,从几根烟囱顶管冒出来的烟竖着飘向灰白色的冬日天空。一条巷子里，一个六七岁的男孩穿着一件深蓝色的雨衣，戴着羊毛护耳帽，背着书包，走下一段台阶，往左转，沿着人行道走去。正对着拉纳克的位置，有个身材瘦削、面色疲惫的女人出现在一扇凸窗的窗帘中间。她站在那儿望着男孩，男孩走到街角时，转过身来朝她挥手，结果脑袋一侧撞到了路灯杆上。拉纳克由衷地感到震惊，然后是好笑，同样的神情也出现在那位母亲脸上。男孩转过街角，难过地揉搓着耳朵。女人转过脸来，直勾勾地望着拉纳克，然后又震惊又迷惑地把一只手掩在嘴上。他想像方才那个男孩那样，向她挥挥手，打开窗户，喊几句宽慰的话，但这时一匹棕色的马拉着送奶的马车，沿街走了过来，等他再向那扇凸窗望去时，窗口已经空无一人了。

这个画面深深触动了拉纳克。他放下百叶窗，不让新的景象将它取代，他踱回病房，感到十分疲惫。他感觉自己已经度过了好多天，但钟表显示，还不到三个小时。他把书和白大褂放在椅子上，甩掉鞋子，躺在床上，打算休息十或十五分钟。

无线电"噗玲噗珑、噗玲噗珑、噗玲噗珑"的响声吵醒了他。他伸过手去，从外套口袋把它取出，打开了开关。奥藏方说："我亲爱的同事，光睡觉是不够的，有时候你必须吃饭。来员工俱乐部吧。别穿白大褂了。

夜晚是寻欢作乐的时间。"

"我怎么去员工俱乐部呢？"

"到最近的大厅，随便进一部电梯。只要你客气地请求，它就会直接把你带过来。别忘了提我的名字。"

拉纳克穿上鞋，把书夹在胳膊底下，穿过帘幕，走进喧闹的出口走廊。这次他没有在意那些声音，而是研究起怎样才能走得像周围的人一样快。决定身体姿势变化的那些常规法则，在这里似乎失去了效用。如果你身体后仰，想要借助气流的力量，那你肯定会摔倒，但你的身体顺着气流越往前倾，它就会带着你走得越快，毫无摔倒之虞。大多数人满足于前倾四十五度的速度，但有那么一两个人像火箭一样，从拉纳克膝盖上面蹿过，这些人把身体前倾得那么厉害，看上去就像爬行一般。大厅里的人不像上回那么多。拉纳克走进一部电梯，它似乎在等着接满人之后再往上走。两个男人抬着测量员的长杆和三脚架，在角落里闲聊。

"是个大项目，我们经手过的最大的。"

"尊贵的大人希望在十二天内完工。"

"他疯了。"

"造物打算通过性虐狂集团，运送钨钛合金的吸力挖掘机。"

"我们从哪儿弄到驱动这些设备的能量？"

"奥藏方。从奥藏方和他的小催化师那儿。"

"他说过他会交给我们吗？"

"不,但他不能违抗理事长。"

"我怀疑,理事长能不能违抗奥藏方。"电梯满了,电梯门闭拢了。好多声音说:"休息室。""Q水蛭宿舍。""海绵污水坑俱乐部。"

拉纳克说:"员工俱乐部。"

电梯说:"谁的员工俱乐部?"

"奥藏方教授的。"

电梯嗡嗡响了起来。拉纳克身边的人沉默不语,但离他最远的人一边小声嘀咕着,一边打量着他。门开了,维也纳的舞蹈音乐飘了过来。电梯说:"你到了,拉纳克医生。"

他走进一间灯光柔和的餐厅,低矮的天花板是蓝色的,厚厚的地毯也是蓝色的。桌子空着,桌布已经撤掉了,只有远处奥藏方坐的那张桌子例外。他穿着一件浅灰色西装,配了黄色马甲和领带,一块白色餐巾的一角掖在马甲的两粒扣子中间。他正在切盘子里的一小块食物,看得出蛮开心的,他抬起头,示意拉纳克过去。光线是从他桌上的两支蜡烛和墙上的低矮拱门散发出来的。摩尔式的拱门外面,好像是开在更矮地面上的明亮房间。透过最近的拱门,拉纳克能看到舞池一角,穿黑裤子的腿和长裙在舞池中踩着华尔兹的舞步。奥藏方说:"来陪我一起吃吧。别人早就吃完了,但我有点迷恋食槽的乐趣。"

一名女服务员从幽暗的桌子中间过来,拖出一把椅子，递给拉纳克一份菜单。他看不懂记录菜名的那种语言。他把菜单递回去，问奥藏方："你可以帮我点菜吗？"

"当然。尝尝'谜之冻肉片'[1]。吃过残疾病房的流体食物，你会喜欢结实一些的肉食的。"奥藏方喝了一大口郁金香形玻璃杯里的东西，瘪了瘪嘴。

"不幸的是，我不推荐这里的酒。合成化学在这方面，还有很多东西需要掌握。"

女服务员在拉纳克面前摆了个盘子，盘子上有一块灰色的胶状物。他从表面切下薄薄的一片，发现它尝起来就像有弹性的冰块。他赶紧把它咽下去，一股烧胶皮的气味充塞着他的鼻腔后部，但他身上涌起一股友好的暖意，这让他感到惊讶。他觉得自己放松下来，但身上有了力气。他又吃了一片，气味更难闻了。他放下刀叉说："我吃不下这东西了。"

奥藏方用餐巾纸擦了擦嘴。"没事。只要吃一口，就能满足一个人的全部营养需求。等你学会喜欢这股味道，你会回来多吃一些的，再过几年，你就会像我们一样暴饮暴食了。"

"我不会在这儿待好几年。"

"哦？"

"我打算找到合适的同伴，一起离开。"

---

[1] 原文为"Enigma de Filets Congalés"，作者杜撰的菜名。

"为什么？"

"我想要有阳光。"

奥藏方由衷地笑了起来，然后说："对不起，不过听到一位这样清醒的同事，宣称自己有这样奇怪的爱好，确实有点出乎意料。为什么是**阳光**呢？"

拉纳克的恼怒超出了他一贯的克制。他说："我想在阳光下恋爱、会友、工作。"

"可你不是雅典人、佛罗伦萨人，你是现代人！在现代文明里，那些在阳光下工作的，是被人轻视的少数人，他们的人数也在日渐萎缩。就连农夫都转入室内了。至于欢爱和友情，人类一向更愿意在夜晚享受这些。如果你想要月光，我还能产生共鸣，但阿波罗已经名声扫地了。"

"你的话就像斯拉登。"

"他是什么人？"

"我原先所在的城市里的一个人。在那儿，太阳每天照射两三分钟，他觉得这没什么。"

奥藏方用一只手捂着双眼，用做梦般的调子说："一座建在萎缩的河流岸边的城市。这座城市有一座十九世纪的广场，广场上满是丑陋的雕像。我说得对吗？"

"对。"

"原谅我，不过这个诱惑实在太大了。"

奥藏方伸手拿过拉纳克的盘子，把它放在自己的空盘子上，慢条斯理地吃着，边吃边说。

"那座城市叫昂桑克。昂桑克的历法是根据阳光制定的，但只有行政官员使用。大多数人已经忘记了太阳，而且他们还抵制钟表。他们不做测量，也不做规划，他们的生活由简单的欲望加以调节，这些欲望因为偶然的冲动而改变。并不让人惊讶的是，那里没有谁是健康的。政治方面也是，他们腐化堕落，要不是有健康一些的大陆资助他们，他们早就崩溃了。不过别把它的状况归咎于缺少阳光。研究所也没有阳光，照样能自给自足，给员工提供充足的健康食品和运动。钟表让我们生活规律。"

"你们有图书馆吗？"

"我们有两个：一个存放电影，一个存放音乐。我负责后一个。"

"书呢？"

"书？"

"我想给我的病人念书，我只有三本。"

"念书！多有维多利亚时代的风情。让我看看这些书。嗯。看起来是一组均衡的选择。我不知道除了向可怜的诺克斯蒙席借，还有什么办法补充它们。他总是随身带着一本厚厚的小书。可能是《圣经》。《圣经》里全是有趣的故事。"

拉纳克说："我在哪儿能找到他？"

"别这么着急——我想劝你别离开我们。想想你这么做，可能损失多少时间吧。"

"你这话是什么意思？"

"在这个世界里，每片大陆都用不同的历法来衡量时间，所以没有什么方式来衡量大陆之间的时间。一名游客从研究所前往附近的大陆——或许是昂桑克，或者普罗文——必须穿过一个区域，那里的时间纯粹是主观体验。有些人几乎不曾察觉就穿越过去了，但你来这一趟，损失了多少年？"

恐惧令拉纳克心烦意乱，为了掩饰，他站起身，有些突兀地说："谢谢你的警告，不过有一名病人正等着我。诺克斯蒙席在哪儿？"

"在这个时候，他通常在吸烟室，看人们游泳。穿过我身后的拱门，一直往前走。进入第三个房间后左转，他会在正对着你的拱门后面。"

拉纳克从餐厅走进一间明亮的房间，有些年长者在打桥牌。再前面的房间灯光昏暗，摆满台球桌，台球桌上方有些挂得不高的灯。下一个房间里有个游泳池。在嘈杂的回声中，一些通过照射紫外线灯将皮肤均匀晒黑的男男女女，正在潜水、比赛，或者在池边闲聊。拉纳克沿着铺了瓷砖、滑溜溜的平台左转，来到一堵墙跟前，这堵墙上开有常见的拱门。他登上几级台阶，走进一个光线柔和、铺着厚地毯、摆满皮革扶手椅的房间。诺克斯坐在台阶旁边，抽着一根细细的雪茄，偷偷扫视着被蓝绿色的池水折射过的那些棕色肉体。拉纳克在他对面坐下，说："我是拉纳克医生。"

"哦，什么事。"

"我的一个病人需要阅读材料，我正在收集书。奥藏方教授建议说,你可以借给我一本。"诺克斯就像没注意到拉纳克在场一样。他把目光从游泳者身上移到雪茄上,用冷淡的口吻小声说:"奥藏方教授是个出了名的爱开玩笑的人。他知道我只有我的祈祷书。如果你的病人对祈祷感兴趣,她早就是我的病人了。"

"他认为你有一本《圣经》。"

"这又是一个玩笑。我有一本希腊文的《旧约》,我估计,你的病人跟你一样,对希腊文所知甚少。你已经收集到什么书了?"

他看了看拉纳克拿出来的书,冲着《圣战》厌烦地挥了挥手。

"另外两本是垃圾,不过这本有些地方还不错。我是说,它的主旨是正确的。我跟作者多少有点交情。他把我写成了书里的一个人物——不是这本,是别的书。他的笔触不乏恶意,但无足轻重。他也写过奥藏方,不过笔触更真实,篇幅更长。忘了我的话吧。奥藏方警告过你要当心我。"

"奥藏方没说对你不利的话。"

诺克斯盯着地板,低声说:"那说明他对我的鄙视已经达到这种程度了。"

他抬起下巴,几乎是大声说道:

"你要知道,他能有今天的位置,多亏了我。当初是我治好了他。奥藏方是一个非常棘手的病例,半是水蛭,半是龙。(如今他假装自己以前是纯粹的龙。我知道,事实并非如此。)我以前相信,是弥撒治好了他,还有我的祈祷文和布道，但其实是音乐。啊，我们以前有过什么样的音乐！当我发现，除了音乐，他没有神圣感的时候，我就让他做了我们的风琴师。从那以后，他崛起了，而我——我没落了。我想，你注意到了吧，我的声音里有种烦躁、发牢骚的调子？"

"对。"

"那就尝试理解个中原因吧。所有这些教授、艺术家、部门主管，都从把他们治愈的宗教上，撕扯下一些小块来，然后把这些小块发展成他们自己的教派，他们就是这样变强的。如今没有上帝让他们团结一心，只有在贪欲的基础上订立的互助契约。原先我们有基督的代牧，现在呢，我们有"——他用责难的口吻将这些字啐向拉纳克——"理事长蒙博多大人！"

拉纳克戒备地说："我是新来的。我不明白你的意思。"

诺克斯低下头，喃喃地说："你喜欢你的工作吗？"

"不喜欢。"

"那你会喜欢上它的。"

"不会。等我治好这名病人，我准备跟她一起离开，如果她愿意接受我的话。"

诺克斯猛地直起身子喊道："胡言乱语！"然后他俯下身，抓住拉纳克的双手，用低沉、急促、含糊不清的声音说："不不不，我的孩子，原谅我，原谅我，那**不是**胡言乱语！你**一定**要治好你的病人，你**一定**要跟她一起离开，如果——原谅我，我是说**等**——你能离开的时候,帮我个忙,好吗?你能答应做这件事吗?"

拉纳克把手拽了出来,急躁地问:"什么事?"

"告诉人们不要来这儿。告诉他们,绝不要来研究所。只要有少许的信念、希望和仁慈,他们自己就能治好他们的病。如果没有别的,那光是仁慈,就能拯救他们。"

"既然我来这里治好了病,为什么我还要警告别人不要过来?"

"那就让他们自愿过来,成千上万地来!让他们像一支部队那样进来,而不是像一群受害者那样,等着被吞噬。想想看吧,如果研究所里,每个病人都能配备二十名医务人员!到那时候,我们还有什么治不好病人的借口!我们就会像"——他的声音变得充满向往之情——"一座会众全是神父的大教堂。那样就会让研究所重见天日。"

拉纳克说:"我不认为告诉别人什么事,就会对他们有多大帮助。既然你已经在这里工作了这么多年,就不该把它想得比实际情况更糟。"

"你错了。在所有走廊里,都有各种迫切推进的声音,在所有这些声音背后的声音,就像一头饥饿野兽的呼吸声。我可以向你保证,研究所准备吞噬一个世界。我不是有意要吓唬你。"拉纳克倒没有被吓到,只是有些尴尬。他站起身来,说:"这儿附近有电梯吗?"

"我看得出,你不会去努力拯救别人。祈求上帝让你能完成自救吧。远处角落里有一部。"

拉纳克从一张张座椅中间穿过，在两扇拱门中间的墙上找到一部打开的电梯。他走了进去，说："一号点火室。"

"谁的部门？"

"奥藏方教授的。"

门开了，露出一块熟悉的褐色布料。他把它拨开，走进天花板很高、挂着挂毯的工作室，心里几乎期盼着屋里会是一片漆黑。屋里像以前一样亮着灯，拉纳克从后方看到，房间正中有个熟悉的身影，他穿着黑裤子、黑背心，伏在木匠长凳上。拉纳克踮着脚尖，不安地绕着墙根，寻找标记着"Correctio Conversio"的人像，有时斜着瞥一眼奥藏方。教授正在给吉他安装琴马，因为动作精细，精神高度集中，这时候打扰他未免不合适。拉纳克有些释然地拎起挂毯，弓着腰，钻进了低矮的隧道。

他坐在小房间里，把后背靠在温暖的弧形墙上。唯一活动的东西就是这个银色生物攥紧又松开的手，唯一的声音就是远处传来的、有规律的重击声。拉纳克清了清喉咙，说："抱歉，我来晚了，不过我带了本书，有个跟作者认识的人告诉我，这本书很不错。"没有回应，于是他读了起来。

对圣战的描述。在我的那些旅途中，在我行经众多国度和地方时，我偶然来到了宇宙这片著名的大陆。这是一片辽阔而宽广的大陆，它位于诸天之间。这是个水源充沛的地方，到处装点着小山和山谷，位置绝佳，多数地方，至少我所在的地方，物产丰饶，人口众多，空气甜美。

"我不听谎言！"那个声音喊道，激起一阵嗡鸣式的回音，"你以为**我**没在宇宙中生活过吗？你以为我不知道，宇宙是个什么样的可恶陷阱吗？"

"我个人的经验更支持你的观点，而不是作者的，"拉纳克小心翼翼地说，"不过别忘了，他说的是'多数地方，至少我所在的地方'。老实说，如果我觉得，这样的地方并不存在，我们永远无法抵达，我是不会念给你听的。"

"那就念点别的。"

"这儿有个小男孩的故事，他叫奥尔·伍利，故事是用图画来讲述的。第一幅画上，他和父亲走出了前门，有一级台阶把前门跟人行道隔开。他的头发梳得整整齐齐，他的靴子闪闪发亮。他的母亲在后面望着他们，说：'既然今天是星期天，晚饭前你可以带伍利出去走走，不过看着点，别让他弄脏好看的衣服，他爸。'他父亲是个头戴布帽的瘦高个儿，他说：'交给我好了，他妈！'伍利心想：'太好了！这次散步会很有趣的！'在下一幅画上，他们走在一道篱笆墙旁边，篱笆墙是用一根根竖直的木料紧贴着搭建的。我看不到伍利的话,因为他的话被人用蜡笔画去了,但他父亲——"

"它的本意是让人感到愉快吗?"

"我希望你能看到这些图画。它们看起来既诙谐又朴实,让人十分放松。"

"你还有**别的**书吗?"

"只有一本了。"

他打开《没有给布兰迪什小姐的兰花》,读了起来:

> 事情始于夏天,七月的一天早晨。太阳在晨雾中早早升起,露水很重,人行道已经有点水汽蒸腾。街头的空气既陈腐又沉闷。酷暑,无雨的天空,裹挟着扬尘的暖风,一个月来都是这样,令人疲惫不堪。
>
> 贝利走进明尼廉价餐馆,把老山姆留在帕卡德车里睡觉。贝利感觉很糟。烈酒和酷暑可不怎么搭配。他感觉自己的嘴巴就像鸟笼,眼里就像进了沙子……

他读了很长时间。他问过一两次:"你喜欢吗?"她说:"继续吧。"

最后,她用一阵刺耳的嘎嘎大笑打断了朗读。"哦,是的,我喜欢这本书!疯狂地幻想着迷人、富贵、多姿多彩的生活,然后遇到了绑架、强奸、奴役。起码这本书是真实的。"

"这不是真实的。这是一种男性化的性幻想。"

"对大多数女人来说,生活就是这样,就是男性化的性幻想中的一场表演。那些蠢女人根本没有发现,从她们还是婴儿时起,她们就已经在接受这样的训练了,所以她们蛮幸福的。当然,这本书的作者通过加快节奏,让事情变得显而易见了。布兰迪什小姐在几个星期里遭遇的事,我们这些人要用一生的时间。"

"我不同意,"拉纳克断然说道,"我不同意生活对女人来说,比对男人更像陷阱。我知道,大多数女人不得不在家工作,因为她们要孕育儿女,但在家工作比在办公室和工厂上班更加自由;此外——"

他的声音激起了回声,回声跟他的话音展开了较量。为了把这句话清楚地说完,他喊了起来,结果激起了震耳欲聋的爆炸声,过了好几分钟才渐渐消散。然后,他坐在那儿,对着眼前的空气皱起了眉头,直到那个声音说:"接着念吧。"

第10章 爆炸

他每天去她的房间两次，在那儿大声朗读，只有嗓子哑了才停下来。他很快不再去记自己读了几遍《没有给布兰迪什小姐的兰花》。有一次，为了能有个不同的故事讲给病人听，他在员工俱乐部的电影院看了一部牛仔电影，但提及这部电影，令她大发雷霆。她只相信对残酷男人和受辱女人的重复记录，觉得其他东西都是存心编造的。每次拉纳克离开她的房间，都喉咙酸痛，决心再也不回去了，要是除了员工俱乐部还有别处可去，或许他就不会再过来了。那些光线柔和而明亮的房间，有着温暖的空气和舒适的家具，却让他感到封闭得令人压抑。员工们礼貌而友善，但说起话来，就好像俱乐部外面没有什么重要的事情，拉纳克也害怕自己会慢慢相信他们。还有一些时候，他怀疑因为自己粗野无礼，所以才不喜欢温文尔雅的人。多数休息时间里，他都躺在病房的床上。那扇窗不再赏心悦目，因为它开始展现出一些小房间，里面住着忧愁的人们。有一次,他觉得自己瞥见了弗莱克太太,他那位上了年纪的女房东,她把孩子们安顿在厨房里的床上。从那以后,他宁愿观看光线在半闭百叶窗的百叶板之间神秘地游移,无所事事地收听无线电通报。他注意到,呼叫医生的请求之间,越来越多地夹杂着另一类信息。

"注意,请注意!注意,请注意!扩张委员会宣布,在一百八十次之后,所有颤抖都会被当作救治无望的标志。"

"注意,请注意!注意,请注意!扩张委员会宣布,在一百八十次之后,洗涤池不再接收软体。所有无可救药的软体都会经过漏斗,汇入大病房下方的压缩水渠。"

但这种急迫感从未在员工俱乐部表现出来,除非它体现为大家在用餐时愈发兴高采烈。人们坐在桌边,四人一组,大声谈笑。其中就有奥藏方爆炸般的笑声,总能看到他在那儿,穿着浅色西装,卖力地交谈,大口地吃东西。只有三个人悄声独坐:拉纳克自己、诺克斯蒙席,还有一个明显闷闷不乐的大个子姑娘,她穿着卡其色工作服,吃得几乎跟奥藏方一样多。

一天晚上,拉纳克走进餐厅坐下,这时奥藏方在他身边坐了下来,高兴地说:"今天有两次,吃早餐和午餐的时候,我示意你到我桌上来,你没注意到。所以"——他用一只手向下抚过他那件背心的黄色曲线——"大山来到了穆罕默德面前。我想告诉你我感到高兴，真的非常高兴。"

"为什么？"

"我是个大忙人，就连吃饭的时候都在工作，所以我只有时间密切关注你在两段时间里的表现，不过相信我吧，你做得很好。"

"你错了，我做得不怎么样。她快冻死了，我没能给她温暖，我所说的一切都增加了她的痛苦。"

"嗯，当然，你接手的是一个不可能治好的病例，要不是你需要有个病人练手，我会把这个病例诊断为救治无望的。但你已经投入了机智、宽容、耐心，原本我压根儿没指望新手能做到这些。所以现在，我想让你从这个病例那儿撤出来，开始治疗一名更重要的病人。"

拉纳克在桌子上俯过身子，说："你是说，我花那么多时间读那本该死的书，都**白费了**？"

"不不不，我亲爱的同事，那些时间很有价值，它们已经向我表明，你是哪一类医生，你适合治疗哪一类病人。你有富有层次、不动声色的忍耐力，这让你可以给那些悲惨而富有才智、想象力超过实力的女性充当完美的缓冲。我们在三十九号房间就有这样一名病人，如果把她治好，她就能成为我们的员工中令人愉快的一员，她的脑袋和四肢没有变出盔甲。如果你还愿意去探视一号房间，你也可以去，不过我想让你把更多时间用在三十九号房间。"

"如果我的第一名病人康复了,愿意跟我一起离开呢?我只要撇下第二名病人就行?"

奥藏方做了个不耐烦的手势。"这些是新手才有的顾虑。一号病人是不会康复的,你也没有理由离开。就算你真的离开了,也真的抵达了(这不大可能)一片阳光普照的大陆,你怎么赚钱谋生呢?在公共公园里捡垃圾吗?"

拉纳克低声说:"我要去看我的第一名病人,不看别人,直到她不想让我去为止。"

奥藏方在桌布上敲打着手指。他面无表情。他说:"拉纳克医生,要是你没能救回你的欧律狄刻[1],你怎么办?"

"我太无知,听不懂你的笑话,奥藏方教授。"拉纳克说着,站起身离开了。

他既愤怒又不安,觉得他的病人对人生的恼怒可以充当某种慰藉。他没有上床睡觉,而是走进电梯,说:"奥藏方的工作室。"

"奥藏方教授这会儿正在录音。如果我是你,我不会去打扰他。"

拉纳克好像认出了这个声音。他说:"是你吗,格鲁皮?"

---

[1] 欧律狄刻(Eurydice),希腊神话中著名乐手俄耳甫斯的妻子,没能被丈夫救出地狱,因为他们在走出冥界之前,俄耳甫斯回头看了妻子,违反了冥王的规定。

电梯说:"不是。只是我的一部分。"

"哪一部分?"

"声音、感情和责任感。我不知道他们把其余部分作何处置了。"

话里充满坚忍自持的尊严感,令拉纳克心中满怀怜悯。他把手放在微温的电梯壁上,谦逊地说:"对不起!"

"为什么?如今,人们需要我。我再也不感到孤独,我能听到各种趣闻逸事。发生在楼层之间的电梯里的事,会让你感到惊讶。唉,昨天——"

拉纳克赶紧说:"我很高兴。你能带我去奥藏方的工作室吗?"

"可他正在录音。"

"不可能,我刚在餐厅跟他分开。"

"你不知道部门主管可以同时吃饭和工作吗?当他的音乐被人打断时,他会变得相当恶毒。"

"带我去工作室,格鲁皮。"

"好吧,不过我已经警告过你了。"

门滑开后,拉纳克听到拙劣的弦乐四重奏发出的复杂嘎吱声。他把挂毯拽到一边,走了进去,肩膀碰到了挂在那儿的一个麦克风。他面对的是四个乐谱架和站在架子后面的人。一个憔悴的女人,穿着红色丝绒长袍,正在跟一把大提琴扭打。三个男人穿着燕尾服、白背心,系着领结,在刮擦着一把中提琴和两把小提琴。其中一个是奥藏方。

他哑着嗓子喊了一声,制止了其他人的演奏,他朝拉纳克气势汹汹地走来,把小提琴夹在胳膊肘底下,右手紧紧攥着琴弓,就像攥着一根马鞭。当他的脸距离拉纳克的脸只有一英寸时,他停住脚步,低声问:"你想必知道我在录音?"

"知道。"

奥藏方开始低声说着,然后嗓门不断抬高,最后变成了震耳欲聋的咆哮:"拉纳克医生,你已经获得了非常特殊的特权。你可以用一间公共病房当私人公寓。你可以在电梯里使用我的名字,它们会把你直接送到任何一个目的地。你可以忽视我的建议,鄙视我的友谊,嘲笑我的食物,现在呢!现在你故意毁掉一段不朽和声的录制,或许它能挽救成千上万人!你还打算怎么侮辱我?"

拉纳克说:"你的愤怒用错了地方。当初是你逼我尝试治疗一个麻烦的病人,而现在你试图阻止我接近她。要是你不想看见我,你应该跟工程师们联系。让他们修好我病房里的那扇门,那样我就可以从那儿回去了,我们就不用再见面了。"

奥藏方因愤怒而肿胀的五官松弛下来,变成了一副惊讶的表情。他有气无力地说:"就因为**这个**,你就想让整个研究所的气流倒灌吗?"他用手帕擦了擦脸,转身走开,疲惫地说:"滚出这里。"

拉纳克迅速掀起挂毯,弓着腰钻进走廊。

他蹲伏在点火室里，感到心灰意冷，都不想拾起上回他留在这儿的那本书。他盯着那条苗条的人类手臂，注意到了臂肘上方的银色斑点，思索着它们是否以前就在那儿。他试图握住那只活动的手，但它攥成了拳头。

那个声音说："没错，我的那个部位不受保护。为什么不动用武力呢？"

"丽玛！"

"我不是你的丽玛。继续念书吧。"

"我受够那本书了。你就不能跟我谈谈吗？你肯定感到孤独。我知道我是这样。"

没有回答。他说："给我讲讲你来这儿之前的那个世界。"

"跟这个差不多。"

"跟这个不一样。"

"当心！你害怕过去。如果我告诉你我知道的事，你会发疯的。"

"不祥的暗示已经不会让我害怕了。我不在乎过去和未来，我不要别的，只要一些平凡、友善的话。"

"哦，我了解你，索，我了解你的一切，歇斯底里的童年，满怀渴望的少年，疯狂的强奸犯，睿智的老爸，哦，我经受过你所有的把戏，了解它们是何等空洞，所以不用哭了！你还敢哭。悲伤是所有把戏里最烂的一种。"

拉纳克因为太心烦意乱，没有感觉到自己脸上的泪水。他说:"你不了解我。我不叫索。那些都不是我。我是个总是遭到伤害的普通人。"

"我也是,但我有勇气,满不在乎和握紧拳头的勇气。走开!你看不到正在发生什么吗?"

她的胳膊从肩膀到手腕,冒出银色的星星点点。拉纳克有种可怕的感觉,自己说的每一个字都引发了一个斑点。他低声说:"拉纳克医生想要出去。"嵌板旋开,他爬了过去。

有人把病房里的百叶窗拉了上去,他向外看去,只看到一堵黑乎乎的灰泥墙,墙上的大裂缝露出了砌在墙里的砖头。有那么一瞬,他头晕目眩,差点栽倒,然后他想起,自己离开员工俱乐部时,还没吃东西。似乎他能得到的一大慰藉,就是研究所里既令人作呕又让人生气勃勃的食物,于是他回到餐厅。餐厅里几乎空了,不过奥藏方还坐在他常用的那张桌子旁边,跟另外两名教授聊得火热。拉纳克走到最远角落里的那张餐桌旁边,一名女服务员迎上前来。他说:"你们这里有棕色、又干又脆的东西吗?"

"没有,先生,不过我们有粉色、又湿又脆的。"

"请给我四分之一盘。"

他刚要开始吃,一个生硬、略带犹豫的声音说:"我能坐在这儿吗?"

他抬头望去,看到了那个穿卡其色工作服的大个子姑娘。她双手抄在兜里,狠狠地盯着他看。他有些释然地说:"哦,可以。"

她在对面坐了下来。她的面孔像希腊雕像一样,有着硬朗而俊美的线条,只是有个前突的大下巴。她没有把漂亮的肩膀挺直,而是弓腰塌背。她的棕色头发松松垮垮地拧成一条粗发辫,垂在她的左胸上。她的手指用简短而急促的动作摸了摸它。她有些突兀地说:"你也痛恨这里吗?"

"对。"

"你最痛恨这儿的什么地方?"

拉纳克想了想。"员工们的行为举止。我知道他们必须表现得专业一些,保持清洁和秩序,不过就连他们的笑话和笑容背后,似乎都有着专业的理由。你不喜欢这儿的什么地方?"

"伪善。他们假装关心,同时又把病人榨干。"

"但如果不把他们的失败善加利用,他们就不能帮助任何人。"

姑娘垂下脑袋,他只能看到她的头顶,她咕哝着:"如果你能这么说,说明你不讨厌这地方。"

"我讨厌这里。我打算一找到同伴就离开。"

她抬起头来望着他。

"我跟你一起走。我也想要离开。"

拉纳克迷惑不解。他说:"好吧,谢谢你,可是——可是——我还有一名病人,治愈的希望不算大,不过在我彻底治好她或者彻底失败之前,我还不能走。"

她嫌恶地说:"你**知道**从没有人能痊愈吧,治疗只是让那些肉体保持新鲜，保持到我们需要燃料、衣服或食物为止。"

拉纳克望着她，说："食——？"他的勺子掉在盘子上。

"当然！你以为你一直以来吃的是什么？你从没看过洗涤池里的景象吗？没人带你看过海绵病房底下的排水管吗？"

拉纳克用攥紧的拳头揉了揉眼眶。他想吐，但这种粉色的东西给了他充足的营养：他感到自己前所未有地强壮和坚定。他激动地告诉自己："我再也不在这儿吃饭了！"

"那你愿意跟我离开吗？"

他茫然地看着她，心里根本没有想到她。她说："我让你害怕了，我让大多数男人感到害怕。不过我能在短时间里，表现得非常甜美。你瞧。"

他迷惑地环顾餐厅，想找条出路，最后发现自己只能往前看，她脸上的表情让他身体前倾，想要看个分明。她露出一个浅浅的、倨傲的微笑，但在她挑衅的眼神中，他看到了不满，在不满的背后是巨大的谦逊和甘愿，她甘愿在一小段时间里，变成他想要的任何样子。望着她的眼睛，就像快速飞越连续转换的世界，它们全都跟性有关，当他返航的时候，他看到她的凶蛮变成了恳求，那副笑容变得羞怯。因为感受到令人晕眩的力量，他的身体颤抖起来。她担忧地问："我可以表现得非常甜美吧？"

他点点头,小声说:"我们可以去哪儿?"

"来我的房间吧。"

他们一起站了起来,她领着他向外走去,拉纳克走路的姿势有些笨拙,因为他的阴茎把裤子顶了起来。当他们走过奥藏方的桌子时,这位教授故作惊慌地喊道:"哦,拉纳克医生,你可不能抢走我们的小催化师!"

进了电梯,她说:"专家公寓。"电梯震动起来。他们抱在一起,她女人味十足的躯体带来的触感,让他喃喃地说:"我们把电梯停在楼层之间吧。"

"那太傻了。"

"给我一个你擅长的那种鄙夷的笑容。"她给了一个,他激烈地吻她。她把他的嘴巴拽开,说:"睁开你的眼睛,我们接吻的时候,你必须看着我。"

"为什么?"

"我什么都可以做,但你一定要一直看着我。"

门滑开了,她拉着他的手,把他领进一个大厅。它跟别的大厅一样,呈圆形,十分开阔,但显得冷清而安静,直到拉纳克发现,这是倾听带来的安静。好多身穿工作服的男男女女贴在墙边站着,凝视着上面。拉纳克抬头望去,只见富有纵深感的金色和橙色圆环向自己这边滑落下来,正中间有个黑色的三角形在摇摆着变大。看上去像是一台设备的底座在从天而降。它只比通风管道狭窄少许,因为墙壁发出了摩擦产生的嗡嗡声,似乎有金属边角跟墙壁发生了剐蹭,不过它的高度肯定在一英里开外，因为它看起来很小。他捏了捏姑娘的手。

"那是什么？"

"一台吸力挖掘机。造物出租给了扩张工程一些。"

他们悄声交谈着。拉纳克说："你们从哪里弄到能量，驱动这样的东西？"

"当然，是靠气流。"

"用什么驱动气流？"

"请别这么关心技术。来我的房间吧。你会喜欢的，我亲自装饰的。"

当她领他穿过大厅时，他尽量不去想象，如果那台巨型设备掉下来，会发生什么事。这间大厅没有通向别处的走廊。在那些电梯门中间，有一些小门，她对其中一扇小门低声说："我到家了。"门向里打开了。

房间是立方形的，墙壁、天花板和地板，都是一面一面的镜子。一张低矮的双人床摆在正中，上面盖着天鹅绒床垫，一堵墙上的一盏射灯在床上投下一道光柱，这就是全部家具了。拉纳克站在那儿，惊呆了。他仿佛站在一百个闪烁着微光的玻璃盒子中间，每个里面都有一张床、一个姑娘和他自己。他往下看，看到自己的脚踩在另一个悬空的自己的鞋底上，后者正在朝上看。他朝那张床走去，这让两侧的人影都朝前走去，迎向前方正在接近的一排人影。他跪在被子上，尽量只看姑娘，姑娘躺在一堆枕头上望着他，羞涩地问：

"你喜欢吗?"

他摇了摇头。

"那你觉得我既刻薄又无耻?"

他想起银龙,对这姑娘涌起一阵喜爱之情,她没有什么手段保护自己,只有唐突的举止和几种挑衅的表情。他说:"我知道你不是那样的人。告诉我,你叫什么名字。"

"在完事以前,我们还是别打探私事了。"

他很快脱掉衣服。对这个姑娘的同情,还有他的动作在四周镜子里映出的诸多动作,让他的欲念不再那么炽烈。他温柔地解开她的工作服,把它们褪到她的臀部。她喃喃地说:"我看起来应该是怎样的?"

"微笑,就像你已经等了我很久,然后看到了我。"她笑得那么甜美,他俯身亲吻她的肩膀。她用拇指拨开他的眼皮,说:"你一定要看着我,要是你不看我,我就没有头绪了。"

一只无线电响了起来:"噗玲噗珑、噗玲噗珑、噗玲噗珑、噗玲噗珑"。她喃喃地说:"别管它。"

"我来把它关掉。"

"你做不到,你只能把它打开。"

提示音响个不停,最后他伸出手,把无线电从外套口袋里一把捞出来。他打开开关,奥藏方快活地说:"抱歉打扰,不过我觉得你愿意听到,你的病人就要变成火蜥蜴了。"

"什么?"

"当然,已经无计可施了,不过要是你愿意欣赏大场面,就赶紧过来吧。带上你的朋友。"

拉纳克丢下无线电,坐在那里咬着拇指,然后站起身,开始下意识地穿衣服。姑娘在床上直盯着他看。她呻吟着说:"你要离开我,去看**那个**?"

"看什么?"他神不守舍地望着她,又说了一句"抱歉",然后把衬衣套在头上。他赶紧穿好衣服,中间还咕哝着:"我真的很抱歉。"他从床上抓起无线电,环顾四周,寻找那扇门,但闪着微光的玻璃光滑平整。他说:"拉纳克医生想要离开。"

什么也没发生,于是他放声大叫。她说:"这是**我**家。"

"请让我出去。"

她冷冷地盯着他。他跪在床上,抓着她的双肩,恳求她说:"你瞧,一个朋友就要——就要烧死了,你一定要让我离开。"

她狠狠地打了他一记耳光。他不耐烦地摇了摇头,说:"行啊,行啊,这没关系,不过你一定要让我走。"

她喊道:"哦,给他开门!然后在他后面尽量用力地把门关上!"

门开了,他冲了出去,嘴里喊着:"对不起!对不起!"

如果说出口在他身后狠狠地关上了,那他也没有听到,因为外面的噪声实在太大。这个大厅中间有个深坑,两根粗大的电缆通向坑里,像打雷般地震动着。拉纳克沿着墙壁奔跑着,寻找能用的电梯,但所有门上都有"发生故障"的指示牌。最后,他找到一条小隧道,里面释放出阵阵暖流和亮光,他逆着气流硬是钻了进去。前进几乎是不可能的,最后他躺在地上,用双手双脚顶住狭窄的墙壁,推动自己前进。在努力数分钟之后,他只前进了三码的距离。"哦,丽玛!"他大喊着,以头抢地,失望地大哭着,这时对面的压力消失了。他坐了起来。隧道前后亮起微暗的橙光,然后突然变得漆黑一片。空气很冷,噪声也消失了,但远处响起一阵喊喊喳喳的声音,偶尔还有一些声音发出怒吼:

"冷我哦。"

"明照!量热和明照!"

"了冷阴更得觉我在现。"

他站起身,高兴地向前跑去,穿过黑暗,直到一层表面拦住了他,因为被他的身体撞了,那层表面隆隆作响。是那种帘幕。他后退几步,再次飞身扑上去,这时它打开了,震耳欲聋的噪声涌了出来,就像许多群欧椋鸟撞破了平板玻璃窗似的。在那扇门的明亮光圈里,他看到三个脸色苍白的男人直勾勾地盯着自己,两个穿着工作服,还有一个是医生。他们喊道:

"你在逆着气流前进!"

拉纳克说:"没有别的通路了。"

"你已经把员工俱乐部搞得断电了!你已经让吸力

挖掘机堵塞了！"

那个医生说："这些我都不在乎，但你引起了颤抖症的蔓延，天知道还有多少例骨折。如果在一百八十次之后，那你就是杀人凶手！害死许多人的凶手！"

"对不起，但我必须去奥藏方的工作室。"

穿工作服的男人面面相觑。医生说："奥藏方也许是个大人物，不过如果他开始任由手下阻挡气流，那他也有麻烦了。"

医生转身离开了，拉纳克正要跟上去，这时一个男人把一只手放在他的衣袖上，说："不，不，老兄，你搞的破坏已经够多了。咱们走你过来的那条路。"

随着他们穿过隧道，光线和空气在隧道里的正常流动也恢复了，一个男人走在拉纳克前面，另一个走在他的身后。当他们来到大厅时，就连噪声也变得正常了。走在前面那位用一把钥匙打开一部电梯，领着他们走了进去，然后说："奥藏方教授的地方，然后去洗涤池。"他用责难的眼神瞪着拉纳克说："洗涤池已经冰封了。"

"对不起。"

门开了。拉纳克被推进工作室，但那两个人没跟过来。

四重奏乐团坐在观测镜头前的椅子上，一边闲聊，一边啜饮着杯里的东西。奥藏方环顾四周，笑着喊道："啊哈，你及时赶到了！刚才有临时停电，我们还担心会耽搁你的行程。不过我亲爱的同事,你的额头在流血!"

一个银色的身形在镜头里发出亮光,张开的龙嘴上方,空气在微微颤抖。回头再看这个舒适的社交团体,拉纳克不由怒火中烧。他快步穿过工作室,从奥藏方和女大提琴手中间穿过,抬起右腿,把脚后跟踹进了镜头正中。镜头破裂,屏幕黑了下来。他穿过房间走到墙边,掀起挂毯,钻进后面的隧道时,屋里一片寂静。

他穿过打开的嵌板,把身子探进房间。现在她的四肢都变成了金属,她变得更大了,头抵着一端的墙,蹄子抵着另一端,翅膀张开了,因此羽毛的尖端碰到了四周的墙壁,一英寸地面也看不到。空气热得令人窒息,龙嘴里冒出一条香烟烟雾般的白线。他说:"丽玛。"

那个声音带着一阵喜悦回答道:"是你吗,小索?你是来道别的吗?现在我不冷了,索,我热乎乎的,很快我就会发光了。"

"我不小,我不是来道别的。"

他爬进屋里,爬过硬邦邦、颤抖着的铜翼,跨坐在银色的胸口,上气不接下气地喘息着。旋绕的蒸汽已经开始把房间变得朦朦胧胧。她欣喜不已地笑着说:"你还在吗?我很高兴你能来。现在我喜欢你了,我要离开了,不过你绝不能再留在这儿了。"

"听着！听我说！"他喊道，却想不出什么话来。他平躺着，把头拼命伸进她的双颌之间。热气灼烫着他的脸，让他的头发向上飘扬。响起一阵噼啪声，奥藏方的声音尖声说道："你还有十秒可以离开，圆室必须尽快封闭，现在应该已经封闭了，你还有七秒可以离开。"

她又笑了起来，她的声音直接在他的耳朵里响起。"你是在生气，再也没有人听你念书了吗，索？但我已经张开了翅膀，我会到处飞，你没法跟着，我会跟我燃烧的毛发一起上升，像吞吃空气那样吞吃人。"

"很快，她的下颌就会合上，"奥藏方说，"听着，你不喜欢我，但我再给你五秒钟，非正式的五秒钟，好让你**马上离开**。"

片刻之后，响起一阵微弱的嘶嘶声，龙嘴里喷出一股热气，拉纳克大喊一声，把脑袋猛地抽了出来。她说："你不在这儿了吗？"

"在，我在这儿。"

"但我会害死你的。"

"我不在乎。"

"我不想害死你。"

他感到一股热流从他身子底下凉凉的金属里穿过，然后龙嘴啪地合上了，就像一声枪响。然后又是"啪"的一声，然后是"哐啷"一声。蒸汽云团开始消散，但他有那么一瞬，看不到巨大的龙嘴了，因为龙头已经掉落下来。双肩之间有个黑洞，从中涌出一道淡淡的光亮。是头发。然后又是"哐啷"一声，胸口也裂开了。他歪倒在一边的翅膀上，躺在那儿倾听着水桶和水壶从楼梯上滚落般的声音。银色的躯体和四肢裂开，分崩离析，最后它们散落一地，就像华丽的金属碎片。

一个赤裸的姑娘蹲伏在碎片中间哭泣着，用双手摩挲着自己的脸颊。她金发碧眼，个子高高的，但她就是丽玛，因为她对他摇摇头，说："你应该带走那件外套的。我不想让你冻着。"

又有一阵噼啪声，奥藏方说："发生什么了？发生什么了？没有屏幕，我什么都看不到。"

拉纳克因为震惊莫名，思考和感觉都停滞了，但他忍不住目瞪口呆地打量着她。她的皮肤看起来湿漉漉的，她把双膝蜷起来抱住，瑟瑟发抖。拉纳克脱下自己的外套和运动衫，把一些盔甲碎片拂到一边，爬到她身边说："你最好穿上这些衣服。"

"请把它们围在我身上。"

奥藏方说："别再窃窃私语了！我要知道发生了什么事！"

拉纳克说："我想，我们安然无恙。"

过了一会儿奥藏方面无表情地说："我不管你们两个了。"

拉纳克把衣服围在她的肩膀上，在她身边坐下，用胳膊搂着她的腰。她把头倚在他身上，昏昏欲睡地说："你看起来就像跟人打了一架，拉纳克。"

"我很快就会好起来的。"

"我不知道我能不能原谅你弄破我的翅膀。重新做人是挺不错,不过那双翅膀很漂亮。"她看起来快要睡着了,他也陷入了恍惚之中。

后来,她亲了亲他的耳朵,低声说:"我们是不是应该尝试离开?"

他清醒过来,说:"拉纳克医生准备离开。"点火室一板一眼地说:"你可以离开,但你不再是医生了。"

出现了一根线条,将乳白色的穹顶一分为二,每一半都沉入地底,只剩他们蹲伏在一个小房间里,房间两侧各有一个入口。从工作室那边,沿着低矮的隧道,弓着腰跑来一名拿着扫帚的护士,后面跟着另一名护士,手中推着一个担架。前一名把金属碎片扫到一边,后一名给丽玛拿来一件素白色的衬衫式长睡衣,帮她穿上,她们一直在笑,兴奋地聊着天。

"可怜的浓眉毛看起来吓坏了。"

"他找到了一个女朋友,不过他需要好好洗洗。"

"你能站起来吗,亲爱的?躺在担架上吧,我们会轻轻地送你们俩去一间可爱的、单独的病房。"

"教授生你气了,浓眉毛。他说你一直在有意破坏扩张工程。"

她们用带轮担架推着丽玛,穿过走廊,来到病房,拉纳克跟在后面。百叶窗拉上去了。窗外是深绿色的天空,点缀着几颗星星,还有一些羽毛状的血红云彩。

护士们拿来毛巾和盆,给床上的丽玛擦洗身体。拉纳克取出晨衣,脱下衣服,在病房的洗手间洗了个澡。他回来时,护士们正在病床周围布置屏风。他说:"拜托留个开口,让我们能看到窗户。"

她们照办了,然后一名护士拍了拍他的脸颊,另一个说:"玩得开心,浓眉毛。"两人把手指按在唇边,用鬼祟得夸张的动作踮着脚尖走了出去。拉纳克回到床上。丽玛似乎已经睡了。他轻轻钻到她的身边,也睡着了。

好像有人在用手电筒照他的眼睛,于是他睁开了眼。病房里很暗,不过拱门后面的窗户里满是繁星。一轮近乎满月的月亮升了起来,用清澈苍白的月光照着病床和丽玛,她用胳膊肘支着身体,面带庄重的浅笑,望着他,嘴里轻咬着一绺银亮金发的发梢。她说:"你是那时候唯一能帮我的人吗,拉纳克?就没有什么特别的人?完美的人?"

"你认识很多特别的人吗?"

"没有哪个不是装模作样的家伙。不过我经常做一些异想天开的梦。"

"我想象不出有谁比你更完美。"

"当心,这话会让我变得更强大。也许我找不到更棒的人,但我总能想象出一个来。"

"但那会让我变得更强大。"

"别说了。"

直到他用身体探索遍了她身上每一个甜美的孔隙，他们才再次睡去。

第11章　饮食与先知

　　他们在床上躺了三天，因为她身体虚弱，他也喜欢靠在她的身旁。窗户显露出蔚蓝的天空，远处有鸟儿在飞翔，有时阳光普照，有时有随风变化的阴郁云景。拉纳克读着《圣战》，看着丽玛，她睡了很多觉。他以前也曾靠近过美，却从未盼望着能触摸它，拥抱它，接受它的拥抱和爱抚，这份奢侈让他发自内心地感到幸福。她令他喜悦，也因他喜悦，这种反射令喜悦倍增，就像一道光环照耀在他们周围。她那洁净而优美的胴体熠熠生辉，即使出汗时也不例外，就好像原本包裹着她的那层银在皮肤下面轻柔地呼吸着。当他把这话告诉她时，她伤心地笑着说："对，我想美貌和金钱很相似。它们能让我们感到自信，但我们不相信为了这些而想得到我们的人。"

　　"你不相信我吗？我说的是赞美的话。"

　　她用指尖抚摸着他的脸颊，心不在焉地说："我喜欢让你快乐，但我怎么能信任一个我不理解的人呢？"

他直勾勾地望着她,惊讶地喊道:"我们彼此相爱!理解又能带来什么帮助呢?我们连自己都无法理解,又怎能理解他人呢?只有地图和数学的存在,才是为了让人理解,我希望,我们要比那些东西更扎实可靠。"

"当心!你正在变聪明。"

"丽玛,那层外壳裂开的时候,出来的是我们当中的哪一个?我的想法比以前更强大了,让我感到害怕。抱住我。"

"我喜欢强大的男人。还是你抱住我吧。"

第一天,他拒绝了所有食物,说自己昨天吃多了。第二天早晨,护士送来早餐后,他在丽玛进餐时把灰白色的香肠切成薄片,然后把她的盘子摞在自己的盘子上,试图掩饰它们。她说:"你为什么要这么做?你生病了吗?"

"过一两天我就会好的。"

"我们最好找个医生。"

"用不着。等我们离开研究所,我就会好起来的。"

"你是因为某件事,所以才神秘兮兮的。你在隐瞒什么?"

她盘问了他一个半小时,又是恳求又是威胁,最后恼怒地猛拽他的头发。他奋力反抗,扭打变得含情脉脉。后来,他静静地躺着,什么都不想,她喃喃地说:"你还是告诉我的好。"

他觉得争吵就像一块笨重的巨石,又要从自己身上碾过。他说:"只要你保证继续吃饭,我就告诉你。"

"我当然会继续吃饭。"

"你要知道,研究所是从你我这样的病人身上获得光和热的。嗯,食物是用另一种病人制作的。"

他紧张地望着她,害怕她会放声尖叫。她看上去若有所思,她说:"这些病人并不是被故意杀死的,对吗?"

他想起那个催化师,但觉得还是不提她为好。

"不是,不过医务人员并不像他们伪装的那样,经常治愈病人。"

"可要是没有医务人员,病人反正也好不了。"

"或许是吧。我想,是这样。"

"不管怎么说,要是我不再吃饭,我会死掉,也不会额外多一个被治愈的病人。那我为什么不吃呢?"

"我想让你吃饭!我刚才还让你保证吃饭来着。"

"那你为什么不吃?"

"没有什么合乎逻辑的理由。我有一些本能、偏见,它们阻止了我。不过不用担心,我很健康,两三天不吃东西也没关系。"

她瞪着他,喊道:"可我不是!"

"我想让你吃啊。"

"那你会鄙视我的。"

拉纳克变得困惑不安。他说:"不,我不会真的鄙视你……"

她背对着他,冷冷地说:"行。我也不吃了。"

过了许多小时,她既不动,也不说话,护士送来午餐时,她让护士端走了。

那天下午,窗户显露出珍珠色的雾气,还有一轮小小的白色酷日。他能感觉到,丽玛并没睡着。

他试着拥抱她,但她把他的手甩开了。他有些突兀地说:"你知道吗,如果我吃了这种食物,就等于你用某种方式打败了我,而我永远都会记在心里?"

她什么也没说。他取出无线电,对它说:"拉纳克医生呼叫芒罗医生。"

"抱歉。员工登记表上没有叫拉纳克的医生。"

"可是我是芒罗医生接生的。我非常需要他的建议。"

"抱歉,拉纳克先生,但医生下班了,不过明天早餐之后,我们会在第一时间把你的留言转达给他。"

拉纳克放下无线电,咬着自己的拇指指节。护士送来晚餐的时候,他试图说服丽玛尽管吃,不要管他,但她还是让护士端走了。他站起身,在病房里踱步良久,然后回到床上,背对着她疲惫地躺下,说:"别担心。我会吃的。"

片刻之后,她用胳膊搂住了他的腰。她在他的肩胛骨中间给了他宽慰的吻,把乳房抵在他的后背上,用肚子抵着他的屁股,膝盖抵着他的膝弯。他们像抽屉里的两把勺子一样,紧贴在一起,就这样躺到天明。

护士叫醒了他们，整理了床铺，帮助丽玛洗漱。拉纳克在洗手间刮了胡子，洗漱完毕，感到轻松愉快。他已经两天没吃东西了，饿得肚子疼，也很高兴能有理由打破自己的承诺，尤其是丽玛并未因此得意扬扬，而是满怀友善和感激。当他回到新铺好的床铺，护士送来早餐，在他的膝头放下一个盘子，里面盛着一块小而透明的粉色圆丘。他打量着它，拿起刀叉，然后看了看丽玛，丽玛等待着，一直在望着他。他感到寒冷和孤独，把盘子递了回去，说："我做不到。我真的打算吃，也想吃，但我做不到。"

丽玛把自己的盘子递回去，转过身去背对着他，哭了起来。护士说："你们就像两个宝宝。如果你们不吃东西，怎么能康复呢？"

护士推着手推车离开了，无线电噗玲噗珑地响了起来。拉纳克把它打开。芒罗干脆利落地说："你在吗，拉纳克？"

"在。我们什么时候可以走，芒罗医生？"

"一旦你同伴恢复了体力，能走路，就可以走了。休息四天，合理饮食，她就能出发了。我是不是听到有人在哭？"

"是的，你瞧，我们没法吃这里的食物。或者说，我没法吃，她不愿意吃。"

"真是不幸。你们准备怎么办？"

"有没有办法弄到像样的食物？"

芒罗听起来有些生气。

"为什么你们想要吃到比我们所有人吃的都好的食物呢？就连所长大人也没吃到更好的食物。就像我跟你说过的那样，研究所已经与世隔绝了。"

"但造物正在送来数以吨计的昂贵设备。"

"那是另一码事，是为了扩张工程。别再说你搞不懂的事情了。如果你和同伴想要离开，就一定要吃送给你们的食物，不要逆流而行。"

无线电不响了。当拉纳克审视着食物时，他胃里的那份饥渴已经消失，可现在它又回来了，变得越发强烈。它跟丽玛悲哀的哭声融合在一起，让他心里充斥着浓稠而凝实的苦恼。他在胸前叉起胳膊，大声说："我们就这样待着，直到局面进一步好转或恶化。"

丽玛转过身来，冲着他喊道："哦，你真是个傻瓜！"还用手挠他的脸。他溜下床，恶狠狠地说："我还是离开好，那样你就能吃东西了！只要你说句话，我就永远离开！"

她扯过被褥蒙住了头。他穿上晨衣，走出屏风，在病房里漫无目的地来回踱步。最后，他回到床边，冷静地说："丽玛，抱歉，我冲你吼了。我的做法既自私又粗暴。不过，如果我不在，也许你就能吃东西了。要不要我离开几天？我保证，我会回来的。"

她躺在被褥下面，就像没听到他的话一样。他钻进被窝，靠着她躺下，打起盹来。

有人踢了他的小腿一下，他醒了过来。她的脑袋还在被褥底下，但有个穿着黑色法衣的高大身影僵硬地坐在床边。拉纳克坐了起来。是诺克斯蒙席，他吸着下唇说："抱歉不请自来，不过我相信，情况紧急。"

他的声音低沉而又无精打采，看上去他就像是在冲着自己膝头的棕色手提箱说话。拉纳克正琢磨着应该说什么，这时诺克斯继续说了起来。

"某人（名字我就不说了）肯定告诉过你，我曾在这里执掌大权。我曾担任研究所的所长，但头衔不叫这个名字，因为那时的头衔跟如今不一样。这个无所谓了。我以前的地位留下的唯一遗产，就是我有权出席大陆之间的教会会议，在那些大陆上，进食与杀人之间的联系还不是那么明显。这让我储存了少许的美味佳肴，或许你们能用得上。我听说你拒绝食用我们的食物。"

丽玛坐起来，依偎在拉纳克肩头。他们直勾勾地望着，诺克斯打开手提箱，把东西摆在被褥上：

> 一盒奶酪，商标上有红色的奶牛和绿色的田野；一大块巧克力，包裹在金色锡纸里；一包枣；一根两英尺多长的萨拉米香肠；一罐意大利小方饺；四瓶装在黑色矮胖酒瓶里的烈性啤酒；一听杏片；一小瓶樱桃白兰地；一听浓缩牛奶；一听熏牡蛎；一大纸包无花果干；餐具，盘子，罐头开罐器。

丽玛喊道:"哦,你真是太好了!"她吃起了无花果。拉纳克热情地说:"你是个好人。"他打开了那罐奶酪。诺克斯坐在那儿望着他们,脸上带着一丝忧郁的笑容。他说:"同类相食一直是人类最大的问题。在教会有权有势时,我们试过向每个人定期提供上帝的血肉,以此劝阻那些贪吃之辈。我不会谎称神父从不贪嘴,但我们当中的确有许多人在一段时间里,只吃别人自愿提供的食物。自从研究所跟理事会合并之后,似乎半数大陆的人就以另外半数大陆的人为食了。人是把自己烤熟后吃掉的派,手法就是分裂。"

拉纳克说:"你对我们真好。我真希望能做些什么来报答你。"

"你可以的。我请求过你一次,那时你不感兴趣。"

"你想让我警告人们,抵制研究所。"

"我想让你警告每一个人,抵制研究所。"

"可是诺克斯蒙席,我做不到,我太软弱了。等我离开研究所,我肯定会在谈话中谴责它,我肯定会给反对它的党派投票,但我没有时间跟它作对。我还要为生计奔忙。很抱歉。"

诺克斯沮丧地说:"用不着道歉。神父总是驱策人们变得更好。"

丽玛停止咀嚼,问道:"研究所有什么不好?我在这里治好了病,别人不是这样吗?"

拉纳克有些突兀地说:"把你治好是违背我所在部门指示的。研究所就是一部杀人机器。"诺克斯摇了摇头，发出叹息。

"唉，如果它只是杀人机器，就不难摧毁了。但它像所有机器一样，能给掌控者带来利益，而如今很多部门由温和无力的人掌控，他们并不知道自己是食人族，就算你告诉他们，他们也不相信。研究所对它认为是人类的人宽容得惊人，它治愈的人要比你了解的多。如果研究所消失了，那么那些谴责它的社团（当中的大多数）也会随之垮台，因为研究所是知识和能量的重要来源。所以研究所所长同时兼任理事长，尽管理事会有三分之二的人憎恶他。"

"有位专家告诉我，从没有人被治愈过。"

诺克斯偷偷瞥了丽玛一眼，低声说道："那位专家是被人雇来，做别人努力阻止的事的。她对我们治疗活动的看法，必然是悲观的。"

"假如是这样，那为什么还要告诫人们抵制它呢？"

诺克斯坐直身体，激动地说："因为贪婪让它陷入了疯狂，让它像癌症一样蔓延，因为它在污染大陆，毁灭上帝创造的成果！身为神父，要承认这一点确实有些可怕，不过有时比起被研究所吃掉的那些，我更在意它毁掉的植物、兽类、纯净的空气和水。我做过一些噩梦，梦到这样的世界：我们的走廊外面空无一物，所有人都变成了研究所的员工。我们吃的是喂养在瓶子里的虫子。在用餐时间之间，我们在奥藏方的指挥下演奏贝多芬的合唱交响曲，一连演奏好几个小时，而观景屏上显示的是古老的彩色电影：赤裸的青少年们在早已不复存在的阳光下、花丛中翩翩起舞。"

丽玛停止了进食，拉纳克担忧地看向窗户。一轮耀眼的太阳停留在云海尽头，一只鹰飞速掠过。拉纳克指着窗户说："那不会是？那不会是……？"

诺克斯擦了擦额头，说："那不是电影。我所担忧的还没有发生。"

他合上手提箱，站了起来，说："我身体不好。我让你们难堪，也让自己难堪了。上帝保佑你们，我的孩子们。"

他用拇指和食指在他们头顶上方画了个十字，就像逃跑似的匆匆离开了，让人不由得觉得，如果冲他喊一句"谢谢你"或"再见"，未免太粗暴无礼。丽玛说："你觉得，他是疯了吗？"

"不。他只是为人太好。"

"对，他很亲切，不过我敢打赌，**他从未治愈过任何人。**"

护士们送来了午餐，他们让护士拿走，不要再送食物来了。拉纳克和丽玛吃了四分之一根萨拉米香肠、一点奶酪和几个无花果。然后他扶着她去洗手间，她在那儿洗了个澡，他给她洗了后背。他们回到床上，喝着樱桃白兰地，昏昏欲睡地接吻。她皮肤下面的银开始闪闪发亮，这时他想起了什么，说："丽玛，在点火室里，你有时叫我索。"

她回想了一阵，最后说："对，我在盔甲里面的时候，梦到了很多奇怪的事。人家叫你索,或者库尔特,夜里,我们站在一座桥上,月亮高悬在我们头顶,有个老人在树丛中观望。你想杀我。别的事我想不起来了。"

"我想知道,怎样才能了解到更多的事。"

"何苦呢?在我们不吵架的时候,我们不幸福吗?"

"幸福,但我很快就不得不工作了,我忘了自己能做什么。先前我应该问问诺克斯,有没有什么办法,能了解我去昂桑克之前的生活。"

"在无线电上呼叫他。"

"不,我还是呼叫芒罗吧。我对芒罗更有信心。"

他以惊人的速度联系上了芒罗,他说:"我呼叫你,是想告诉你我们一切都好,我们有自己的食物供给了。"

"的确。你呼叫我,只有这一个原因吗?"

"不。我想知道从前的事,你瞧,我想不起来了……"

响起了噼啪声,一个柔和的声音说:"这里是档案馆。有什么我能帮忙的吗?"

"我想弄清我的过去。我叫拉纳克……"响起一阵响亮的呼呼声,然后那个声音用快速而单调的语气说:"你于拿撒勒历法的第1956太阳年的10月3日抵达昂桑克。你前往中央社会保障办公室,自称拉纳克,被登记为龙,获得8镑19先令6便士。你租住在N.2昂桑克市阿什菲尔德街738号贝拉·弗莱克处,为期30天,然后申请进入研究所。你于第4999十进制年的第75天,从基座以人类形态被接生出来,于第

80天成为能源部门奥藏方教授的初级助理。漫无目的的暴力行径玷污了你的才干。在第85天,你打断了录音,侮辱了催化师,阻塞了气流,打碎了一块观察镜头。你的重新安置定于第88天,由研究所所长、扩张工程主持人、理事长蒙博多大人确认。"

然后是一段短促、嘈杂得出人意料的小号演奏。

拉纳克恼火地说:"这我知道。我想知道的是,我去昂桑克**之前**做过什么。"

"你是通过水路抵达昂桑克的,这超出了理事会的管辖权。你是否愿意咨询一位先知?"

"当然,如果有帮助的话。"

小无线电冰凉的白色塑料机身变得又红又热。拉纳克失手将它掉在床单上,丽玛尖叫起来,他用袖子把它拂到地上,它"砰"的一声爆炸了。

对眼睛有害的蓝烟把床的四周变得模糊不清。丽玛躺在那儿望着他。他把灼伤的手指从嘴里抽出来,问她是否还好,但爆炸让他的耳鼓变得麻木了。她的回答听起来颇为遥远,又被远处传来的声音打断。那个声音说:"救命,救命,有人能听到吗?"

丽玛问,谁在那儿,过了一会儿,那个声音直接在他的耳朵里诉说起来。它没有性别,透着热切,却是一种没有侧重的古怪声调,就好像它说的话绝对无法印在引号中间。

它说,我很高兴,你发出了召唤。

拉纳克用力摇了摇头，然后坚定地说："请问，你能不能给我讲讲我的过去？从小时候开始讲起？"

那个声音说，我对这类工作非常热心，不过你得向我提供线索。你有没有什么属于过去的物品？

"什么都没有。"

比如衣服，没有吗？

"我的衣服在来这里的路上溶解了。"

你的衣兜里有没有什么无法溶解的东西？

"只有……稍等一下。"

拉纳克回想起，芒罗从死去的邻床病人的衣物柜抽屉里，取出过一把手枪。他打开自己的抽屉，往里看去。大部分空间装着食物，但他在角落里找到一枚小小的、带凹槽的鸟蛤壳，还有一块石英卵石，上面有灰色和浅黄色的纹路。他说："我找到一枚贝壳和一块石头。"

一手拿一个。对，现在我看到了久远的过去。你以前叫索。我是从你五岁、十五岁还是十岁开始讲起呢？

"拜托，从五岁讲起吧。"

拉纳克舒舒服服地躺下，先知用早熟儿童的口吻说：邓肯·索沿着一张纸的顶端画出一条蓝色的线，沿着底端画出一条棕色的线。他画出一个巨人，沿着棕色的线奔跑，巨人还带着他俘获的公主，不过因为他没法把公主画得足够漂亮，他就让巨人扛了一个大口袋。公主在口袋里面。他父亲——

"对不起,"拉纳克说,"这是个非常突兀的开头。你能否先讲一点地理和社会环境?"

片刻沉默之后,这个声音用单调的学术腔说道:克莱德河向下流经不列颠背毛般的岛屿和半岛,汇入爱尔兰海。克莱德河在变成宽阔的河口湾之前,从格拉斯哥流过,它是那种如今大多数人生活其间,却无人对那儿的生活怀抱幻想的工业城市。除了那座大教堂、大学的城楼和一栋外形笨拙的中世纪钟楼,几乎所有建筑都是在本世纪和上个世纪建造的——

"抱歉再次打断,"拉纳克说,"不过你是怎么知道这一点的?你又是什么人呢?"

一个帮助你看清自己的声音。

"但我已经听过太多这样的声音了。它们的主人都不是骗子,就连斯拉登和奥藏方都道出了许多事实真相,但那只是符合他们计划的真相。你有什么计划?你会省略什么细节呢?"

这个声音悲哀地说,我没有任何计划。我努力省略掉的只有重复的内容,而且我可能还会失败。自从我蜕变为虚无,我变得沉迷于细节。

"我不明白。"

那我在讲述你的往事之前,先把我的往事讲给你听。它不那么有趣,但缺乏细节令它更为简短,因为我也曾在你的国度生活,你可以从中听到与那里的经济状况相关的内容。

先知开始用傲慢年长男性的口吻诉说起来,拉纳克舒舒服服地躺下听着。丽玛打了个哈欠,依偎在他的背后。五分钟后,他注意到,她睡着了。

开场白

从幼年起，我就只愿意跟我能拿得准的东西打交道，同所有思想家一样，我很快就开始怀疑只能看得到、摸得到的事物。大多数人相信，地板、天花板、彼此的身体、太阳等等，是世界上最可靠的东西，但上学之后，我很快便发现，同数字相比，什么都靠不住。就以最简单的那种数字——一个电话号码339-6286——为例吧。它存在于我们之外，因为我们能在电话簿里找到它，但我们可以把它准确无误地记在心里，因为数字本身和我们对它的认知是完全一致的。同他的电话号码相比，我们最亲密的朋友既善变又不可靠。他当然也存在于我们之外，但因为我们记得他，他同时也以一种虚弱无力的方式，存在于我们的头脑之内，但经验表明，我们对人的认知与人本身只有少许的相似之处。不管我们对他多么熟悉，多么经常地同他见面，他的习惯有多么保守，他都会用穿新衣服、改变想法、变老生病、甚至死去的方式，时常侮辱我们对他的认知。而且，我对某人的认知总会跟别人对他的认知有所不同。多数争吵源于对性格的矛盾认识，但没有人会为他的电话号码吵架，倘若我们满足于用数字来描述彼此，给出身高、体重、出生日期、家庭人口、家庭住址、工作地址和（能提供最重要的信息的）年收入，我们就会看到，在彼此冲突的评价之外，大家对重要事实并无分歧。

毕业时，老师们推荐了一份物理学方面的工作，但我回绝了。科学当然是通过数学描述来控制物质世界，但我在前面已经说过，我信不过有形的东西。它们与思想离得太远。我选择依靠这些数字为生：它们是最纯粹的思想产物，因此对思想的影响也最为强烈，简单来说，就是钱。我成为一名会计师，后来成为一名股票经纪人。这点让我感到困惑：靠掌控或管理大笔金钱为生的人，通常被称为物质主义者。因为金融是最纯粹的理性活动，是十足的精神活动，它所关注的主要是价值，而不是物质对象。当然，金融离不开实物，因为金钱就是实物的价值，不能脱离实物而存在，就像心灵不能脱离肉体而存在一样，但实物总是第二位的。倘若你怀疑这一点，不妨想想，你更愿意拥有哪一样：是五万英镑，还是价值五万英镑的土地。唯一愿意选择土地的那类人就是金融家，他们知道怎样通过出租或倒卖，增加它的价值，所以不论是哪一个答案，都证明金钱比实物更可取。或许你会说，在某些情况下，百万富翁会用自己的财富换取一杯水，但这些情况更多地发生在人们的辩论中，而不是现实生活里。更能说明人们如何看待金钱的例子，是除了无知的野蛮人，几乎所有人都对有钱人怀有本能的敬畏。许多人否认这一点，不过只要把他们介绍给一位真正的富翁，再看他们有多难做到淡然处之，你就明白了。

我是在三十五岁那年，才变得真正有钱的，但之前的好长时间里，我住的是一间酒店式公寓，开的是一辆亨伯，周末打高尔夫，晚上玩桥牌。看不懂财务报告的人以为我的生活沉闷无聊：他们看不到我从某个水平的成功迈向下一个水平时，那种雄心勃勃、意志坚定的攀登，我刚好避开损失时的激动，将利润突然兑现时的欢喜。这场冒险纯粹是情感层面的，因为我的身体始终安全无忧。我为工人阶级的贪婪和政府的无能担忧，但只是因为它们威胁到了我账户里的某些数字，我并没有饥寒之忧。我那些熟人也像我一样，生活在数字世界里，而不是由看得见、摸得着的事物组成的、名为现实的混乱当中，但他们有妻子，这意味着当他们变得更加富有时，不得不搬进更大的房子，买新车和古董鸡尾酒柜的复制品。这些物品自然而然地出现在他们的谈话里，不过我还听说，他们热切地关注着另外一些物品，这些物品越是没用，他们的热情似乎就越是高涨。"我又看到水仙花开了。"他们会这样说。或者："上帝啊！哈里斯把胡子刮掉了。"我看到一片树叶时，他们看到的是"一片可爱的绿叶"。我看到一座新建的发电厂时，他们看到的是"科技进步"或"工业毁灭乡村"。有一次，在一个派对上，一对男女打了起来。我正在对一名客户解释着什么，噪声让我提高了嗓门，但其他宾客大为激动，开始窃窃私语，说出了这样的形容词："丢人""可悲""可笑""令人苦恼""不替别人着想"。我看到，大多数人将过量的感情投到他们无法使用的事物上，从而摆脱这些感情。我没有多余的感情，我的工作将感情全部吸纳了，不过现在我明白了，这些不经意的投资也能收到回报。这些物品就像爱慕虚荣的女人一样，在喜欢它们的人面前，展露出我无缘得见的光彩。它们在我面前展露出的样子，只能让我知晓它们的存在而已。后来有一天，它们连这一行为都停止了。

当时我正在研究一份文件，但打印件以外的某种异象干扰了我的注意力。我端详着书桌的桌面。桌面是打磨光滑的木料，带点波浪纹理，但这时纹理消失了，桌面变得跟一块塑料板一样，空白一片。我环顾着办公室，它的装修陈设都是现代风格，因为我讨厌雕琢的细节。白色的墙壁和朴素的地毯一如既往，但窗外的景色发生了变化。原先我能看到老式工业城市商业中心的一条典型的街道，满街都是精心雕刻、有柱子支撑的建筑立面，这时街道两旁变成了一些空白平面，平面上开有一些长方形的孔洞。我马上看出，发生了什么事。现实对它在我这儿呈现出来的材质，比它在别人那里呈现出来的更为低劣感到不满，因此做了进一步的精简。原先我能看到不相干的细节和色彩，这时我都看不到了。石头、木头和带有图案的表面，变成了没有装饰的表面。衣物的编织线条变得无从辨别，所有的门看上去都是用平镶板做的。

但我并未感到自己受到了折磨，因为留下来的外部现实足够让我完成工作，在某些方面，我的工作变得更加得心应手。以前，我走进一间满是雇员的房间，通常不得不观察好几个人，才能找出我想要找的那个人来，很浪费时间，尤其是还得跟我第一次注意到的那些人点头或微笑。到了这时，我走进一个房间，除了我想找的那个人，其他人脸上都没有五官，就像鸡蛋一样，所以我一下子就能把那个人找出来。再后来，我就只能看见我想找的那个人了——别人统统看不到，除非他们在偷懒，或者想要跟我说话，这种情况下，他们的形体就会显露出足够多的部分，让我能跟他们交流。你或许会纳闷，为什么我从来不会撞上周围那些人。好吧，在我的办公室里，其他人有义务为我让路，在开车上班的途中，我会注意交通标志和附近的车辆，不过路人和风景我都是看不到的。不过有一天，我把车停在往常停车的小路上，打开车门，正准备往办公室走去的时候，街道和人行道都不见了，只有一片空旷、无处不在的灰色，一溜儿坚实、人行道颜色的踏脚石穿过灰色，通向我那办公室的模糊轮廓（周围没有别的建筑），每块踏脚石的大小和形状跟我的鞋底一模一样。我只能踩着这些踏脚石往前走，离开车子，每走过一块，它就会消失，我感到阵阵晕眩，生怕一脚踩空，不知道那样会发生什么。来到办公室的门前台阶（已经完全看不到了），我蹲了下来，用掌心试探着按了按下方的虚空。一块手掌形状的人行道出现在手掌下面。同时有三名职员在我周围显露身形，问我是不是不舒服。我假装要系鞋带，但装得不怎么像。

稍后，我坐在一把高悬在虚空中的转椅上，周围是一片灰色的虚空，唯一的例外是右侧六英尺处，一根铅笔在一本有棱有角的便笺本上活动着，表明我的秘书正在那里记下我口授的内容。从我右手传来的触感判断，它似乎搁在我的膝头，但我除了腕表的表盘，什么都看不到。五点半的时候，一溜儿地毯颜色的踏脚石出现了，将我从椅子上解救出来，但踩着它们行走颇为困难，因为我看不到自己的脚在哪儿，当我走到尽头的时候，我并未看到电梯底部油地毡颜色的踏脚石，而是一无所见：我身前身后都是彻底的空白。我什么也看不到、听不到、摸不到，只能感觉到我的鞋底踩在地板上。突然，我感到太过疲惫和恼怒，不想再这样继续下去了。我往前走了一步，什么都没有发生，只是脚下传来的压力消失了。我既没有坠落，也没有浮空。我变成了无形世界里的无形存在。我作为连番的思绪，存在于无穷无尽的灰色之中。

起初，我如释重负。我从未害怕过孤独，之前的那段日子带来的疲惫超出我的估计。我马上就睡着了，这意味着我停止了思考，周围的灰色变成了黑色。过了一会儿，它又亮了起来，有生以来第一次，我变得无所事事。每一场人生都有空白的时刻，我们站着等公交车或朋友的时候，除了思考，没有别的事可做。过去，我填满这类空闲时间的做法，是计算出乎意料的战争或选举，会给委托给我的财富带来何种影响，但现在我没有兴趣计算了。金钱，哪怕是想象中的金钱，都需要未来为其赋予力量。没有了未来，金钱不过是账本里的墨迹、钱包里的纸张。未来已经随着我的肉体一起消失了。除了回忆，无事可做，我沮丧地发现，给我带来人生目标和良好秩序的工作，如今看起来就像是一场跟数学有关的大脑疾病，一场延续数年的盈亏计算，最后什么也没有证明。我的回忆里满是各类被我忽略和低估的事物。我没有享受过真真切切的友情或爱情，没有强烈的仇恨或欲望，我的生活是一片多石的土地，只有数字生长其间，现在我什么都做不了，只能翻拣着这些石头，希望发现其中一两块原来是宝石。我变成了全世界最孤独、最无力的人。我正要陷入绝望之际，面前的空气里显露出一个可爱的东西。

那是一面米白色的墙，墙上有着粉里带棕的玫瑰图案。一束夏日的晨曦照在墙上，也照在我的身上。我坐在床上，一侧是墙，另一侧是两把椅子。那张床看似很大，其实只是一张普通单人床，两把椅子摆在那儿，是为了防止我掉下床去。我腿上蒙着被子，被子上放着一只断了杆的烟斗，一只小拖鞋，还有一本色彩鲜艳的布面书。我十分快活，唱着一个调子的歌"喔啰啰啰啰"。唱够了之后，我又唱起了"嗒嗒嗒嗒"，因为我发现了"啰"和"嗒"之间的差别，对它很感兴趣。再后来，我唱够了歌，又拿起拖鞋砸墙，直到我母亲过来。每天早晨，她都跟一个瘦瘦的、严肃的青年躺在玫瑰墙另一侧的床上。她的体温透过墙壁传到我这儿，所以我从不感到寒冷或孤独。我不认为母亲高得异乎寻常，但她的块头似乎是别人的两倍，她有着棕色的头发，上身颇为苗条。下身因为经常怀孕，变化很大。我记得自己看到，她的上半身从肚子的弧线后面挺立起来，就像一个身体半掩在一片宁静海域尽头的女巨人。我记得自己坐在那片弧线上面，后脑勺搁在她的乳房中间，知道她的脸就在上面的某个地方，感觉心里非常踏实。我完全回忆不起她的容貌了。她的面孔透出光明还是黑暗，取决于她的心情，我能肯定，这不只是小孩子的幻想。我记得她一动不动地坐在一间屋子里，屋里尽是正在闲聊的陌生人，她默不作声地散发着怒火，把人们的闲聊变成了窃窃私语。她的好心情同样富有感染力，能让最沉闷的同伴感到她美丽动人。她从不快活或沮丧，只会光彩照人或灰暗阴沉，她很能吸引谦逊可靠的男人。我喊他们父亲的都是这种男人。除了爱她，他们没有别的特点。她肯定像一项奢侈的恶习那样吸引着他们，因为她的家务活儿干得很糟。为了跟男人同居，她努力准备饭食，收拾家务，但她的努力很快就衰退了。我觉得，第一个家是最幸福的，因为它只有两个小房间，我的第一位父亲不是什么爱讲究的人。我想，他是个汽修厂的修理工，因为我床边就有台轿车引擎，厨房里的壁柜床下还有一些大轮胎。随着我日渐长大，我砸墙的时候，母亲过来得少了，于是我学会了爬着，或者蹒跚着走到隔壁的床前，被他们拉上床去。母亲通常抽着烟，躺着看报，父亲会在毯子下面用膝盖支起一座小山，当我爬到山顶的时候，突然把山放平。过些时候，他就会起床，给我们送来早餐：茶、煎面包和鸡蛋。

这个家在一栋廉租公寓里面，前面是一条狭窄、忙碌的街道，后面是一个沥青地面裂开的院子。院子后面是一条运河的堤岸，晴天的时候，母亲用吊带系成婴儿背带，把我带到岸边，我们在生着苔藓的纤道旁边长长的草丛里休憩。运河里塞满了灯芯草和叶片茂盛的野草，除了一个遛灰犬的老人或逃学的男生，没人从这儿经过。我玩耍着烟斗和拖鞋，假装我是母亲，烟斗是我，拖鞋是我的床，或者假装拖鞋是一辆车，烟斗正在开车。她像在家里一样看书，或者做白日梦，现在我知道了，她的力量源于那些白日梦，因为这个近乎沉默寡言、没有多少本事的女人，还能从哪儿学到被俘虏的公主的魅力、流亡女皇的权威呢？我们躺的位置跟厨房窗口平齐，父亲下班后，会把饭

一个出色的人　　181

做好，喊我们去吃。他似乎是个知足的男人，我能肯定，那些争吵并不是他的错。一天晚上，耳边黑乎乎的墙里传出的噪声把我惊醒了，母亲的声音就像惊涛拍岸，压过了抗议的抱怨声。噪声停止了，她走进房间，在我身边躺下，满怀渴望地拥抱着我。这种情况发生了好几次，给夜晚平添了期待和乐趣，让我整个白天都处于呆滞状态，因为她那打雷般的吻像爆竹一样在我耳边炸开，能让我的头脑停止运转好长时间。所以当她给我穿好衣服，收拾好行李箱，把我从家里带走的时候，我几乎没有发觉。我不记得我们坐的是火车还是巴士，我只记得，到了晚上，我们在树林里沿着铁轨往前走，高高的树枝在风中碰撞着，铁轨将我们带到一家农舍，我们在那儿住了一年。我们抵达之后，我妹妹很快就出生了。

我母亲那不祥的吸引力再次展现出来，尽管她已经显怀，还带着个两岁的儿子，还是有个勤俭的丧偶农场主雇她做女管家。前几个星期我很开心。我们一起睡在那座房子后面天花板很低的小房间里，自己吃饭。我记得农场主和他的孩子在炉火跟前吃饭时，我们悄悄坐在舒适的客厅一角。母亲在我耳边柔声哼唱：

  一只小母鸡，骨碌碌
  在窗台上下了一个蛋。

窗台

开裂了，

小母鸡哭叫起来。

不久之后，我们就开始一起吃饭了，我自己一个人睡在低矮的小房间里。母亲多数时间待在楼上的一个房间，我从来不准过去，有个老妇人每天过来做家务。我相信，那个老妇人最初是在宝宝出生时，被雇来临时帮忙的，但是几个月之后，她还在打扫房间和做饭，把鸡蛋和烤肉用托盘端到楼上去，而农场主、他的孩子和我在厨房餐桌那儿喝着早餐的粥。我对农场的所有记忆里，都有鸡蛋的踪影。有一天，在探索谷仓周围时，我在一辆旧手推车后面的一丛荨麻里，发现了一堆棕色的鸡蛋。这一幕令人惊讶，因为我们的蛋通常是从旁边一块场地上的木头鸡舍里拿到的。我跑进厨房去告诉别人。农场主在那儿，他解释说，母鸡有时候会在别处下蛋，好把蛋孵化出来，而不是被人吃掉。我领他去看那些蛋，他把它们收进帽子里，表扬了我，给了我一块薄荷糖。从那以后，每当我感到孤单，我就从母鸡用的一个小门爬进鸡舍，从一只孵蛋的母鸡那里偷一枚鸡蛋，然后去堆积干草的场地或牛棚，假装从干草下面或者喂牛的草饼中间找到了它。然后我把它交给农场主，他总是拍拍我的头，给我一块薄荷糖。我觉得他肯定知道，其他鸡蛋我是从哪里弄到的，但他很友善地故作不知。也许他喜欢我。

一个轻率的人　　183

他的孩子们则不然。屋后有个花园，里面长满乱草和矮小的果树，温暖的夏夜里，我会在那儿玩耍，在我卧室窗户周围的常春藤里垒鸟窝。一天晚上，农场主的女儿过来说："你这么做是想干吗？"

也许她还不到十二岁，不过对我来说，她已经像是成年女人了。我说我在垒窝，好让鸟儿生蛋。她说："小母鸡吗？真蠢。你从哪儿弄的稻草？"

我说："从院子里的地上捡的。"

"那它就是我爸爸的，你是偷的，所以放回那里去。"

因为我还在继续垒窝，她抓住我的手腕，扭了起来，直到我踢了她的脚踝，她才跑开了，大叫着说她要告诉我母亲，我会被送走。我哭着跑到鸡舍那边，用力钻进旁边一扇给母鸡开的小门，跪着走了一段，蹲伏在撒满谷粒的地面一角，直到天黑了下来。我本想在那里饿死自己，但我听到母亲在远处叫我，声音时远时近，最后我觉得，她跟我一样心里不好受。我钻出小门，沿着黑乎乎的鸡舍往前走，来到一片缀满群星的高高的天花板下面。一只猫头鹰在啼叫。突然，我找到了她，抱住了她的大肚子，她对我很好。过了几个晚上，一场激烈争吵惊醒了我，母亲进了屋，爬上了床。这次不像在城里那次那么令人愉快，因为她把我妹妹也带了过来，床上太挤了。她那可爱的体温暖烘烘的，包裹着我，依然令我兴奋莫名，但我的头脑已经变得强大起来，不会再因为她的体温而停止运转。

我感到担忧，因为在某些方面，我是喜欢这个农场的。一星期后，农场主用小马车把我们送到一个火车站，递给我一袋薄荷糖，把我们留在站台上，一言不发地离开了。

现在，我能理解我的母亲了。她对辉煌的生活心怀期待。我们中的大多数人都曾在某个时候，对它心怀期待，变老是学会没有辉煌也照常生活的主要方式。但我母亲永远也学不会，于是她不断用她知道的唯一一种方法，来改变她的生活，那就是换别的男人。她在怀孕时就换过，因为怀孕让她比以往更满怀希望，或者是因为，她担心在跟孩子的父亲共同生活的过程中养育这个孩子，会让她永远跟定这个男人。倘若如此，那我从未见过自己的亲生父亲。第三个男人是一名银行经理，他跟寡居的妹妹一起住在一栋大宅里，那栋房子位于一个小小的渔港。他是个温和、乏味、和善的男人，而他妹妹是个粗鲁、不幸、有点尖刻的女人，我母亲（带着四岁的儿子、一岁的女儿、五个月的胎儿）迷住并控制了这对兄妹。但3是能够组成序列的最小数字，她不再控制我了。也许是她不想再控制我了。不管怎么说，等她再次离开的时候，我被留给了那名银行经理。我的生活变得平静而安稳。我去了学校，成绩优异，每天晚上银行经理和他妹妹都会跟我玩三人桥牌，锻炼我全神贯注的能力，赌注很小，从六点半一直玩到上床睡觉。所以我才变得畏惧肉体，喜爱数字。

但不足以让他过上好日子

重温这些回忆，让我看到：由阳光照耀的玫瑰，到灰色的虚无，其间的道路是无可避免的，但我就是不满足。无所事事，只能回顾这样一场人生，令我惊恐不已。我宁愿发疯，用一段痴狂妄想的强烈音调和色彩，将这些回忆统统抹去，不管它有多么畸异。我有一种浪漫的想法，觉得发疯是不堪忍受的生活的一个出口。但发疯就像癌症或支气管炎，并非人人都能患上，当我们当中的大多数人说"我已经受不了了"的时候，其实是在证明我们还能够忍受。死亡才是唯一可靠的出口，但死亡离不开肉体，而我已经舍弃了肉体。我被判给这样的未来，一再重温那段乏味的过往，过往，过往，过往。我就像身处地狱一般。我想流泪，却没有眼睛，我想叫喊，却没有嘴巴，我用备受忽视的心灵的全部力量，大喊救命。

我得到了回应。一个愠怒、坚决的声音——你的声音——请我描述**他的**过往。我对虚无的体验让我能够用十分细微的线索，将事物显现出来，你的声音让我能如实看清你的模样。从你手里的卵石和贝壳，我追溯到你抓起它们的那片海滩，从那片海滩，我看到一条小路，向后绵延穿过大山和城市，来到你出生的那座房子。现在你知道我为什么是先知了吧。通过描述你的人生，我能逃离我自己的陷阱。从我在虚无中的驻地放眼望去，存在着的一切，**非我**的一切，都显得价值非凡，光彩夺目：哪怕是多数人认为平淡或可怕的事，也是一样。由我来讲述你的过往，不会有什么问题。我能保证做到精准无误。

拉纳克想了一会儿，然后说："你的故事有一个自相矛盾的地方。"

哦？

"你说，金钱不能脱离实物而存在，就像心灵不能脱离肉体而存在一样。你的存在却脱离了肉体。"

这同样令我困惑不解。有时我认为，我的身体还留在我将它舍弃的那个世界，躺在某一家医院的病床上，靠输液来维持生命。倘若如此，我希望自己有朝一日能够重新活过来，或者彻底死掉。现在，我来给你们讲讲邓肯·索的事。

丽玛稍微动了动，喃喃地说："好的，继续。"

先知开始了讲述。到目前为止，他的声音听起来就像在头脑里面响起，这段往事比起被讲述出来，更像是被回忆起来。吃饭、如厕和睡眠，都不会耽搁它；夜里，拉纳克能梦到他不可能听到的内容，醒来之后也没有中断过的感觉。在整段时间里，他们透过窗户看到人们在房间里，在一座城市的街道上活动着，但有时也能瞥见高山大海，最后是一道道巨浪向着一段悬崖的底部徐徐推移。